雲ができるまで

UNTIL THE CLOUDS APPEAR

永井宏

信陽堂

NINE FOLKLORE

SUNLIGHT BOOK

雲ができるまで

NINE FOLKLORE

ひとつの巣箱

庭に巣箱をひとつ置いてみました。その巣箱は海で拾った木片で作ったものです。真ん中に、直径三センチぐらいの丸い穴の空いたものがあったから、それで巣箱を作ってみようと思ったのです。それはシジュウガラやスズメがうまく入れる穴の大きさです。

どんな鳥でもいいから、ときどき、巣箱に入ったり出たりする姿を見てみたいと思いました。鋸《のこぎり》で三角屋根の家の形に切って、屋根を作り、いろいろな木のまざった継《つ》ぎ接《は》ぎだらけの巣箱を、自分の背の高さより、ちょっと高い百日紅《さるすべり》の幹のところに取り付けました。少し出っ張らせた床にパン屑を置いて、鳥が寄ってきやすいようにして、部屋の窓から眺めていました。すぐにスズメがきて、パン屑をちょんちょんとついばみ、ぱたぱたと忙しく羽を動かしどこかへ飛んでいきます。でも、すぐに戻ってきては、またついばんで飛び上がっていきます。落ち着きのないやつだなあと思っていると、今度は仲間も一緒にきて、結局全部食べてしまい、それっきり戻ってはきませんでした。それでも、じっと巣箱を眺め続けていたら、まわりの風景から飛び出すように少しずつ巣箱が大きくなり始め、スケール感が変わり、自分がそこに住んでいてもおかしくないかもしれないと思えてきました。庭に出て、巣箱の真下に立って見上げると、やっぱり小さいけれど、うーんと高いところに巣箱があったとしたら、そう、百日紅がジャックと豆の木ぐらいのやつだったら、きっと住んでいても不思議じゃないぐらいの大きさなんだろうなと思いました。そうしてその日はずっと百日紅の根元に座り、巣箱を見上げながら、ぼーっと過ごしました。枝の間から見える青空が心地好くて、自分が雲の上にいるような気がしたからです。

二週間経っても巣箱に鳥の住む気配はありません。でも、部屋からいつも眺めているうちに、あれは本当に私の家なんだと思い込むようになりました。ときどき、いろいろな鳥が遊びにやってくる家です。近くにあるけれど、目を細め、遠くを見つめるように巣箱を眺めると、風の具合や、光の具合で巣箱や庭の風景が頭の中でさまざまに変わっていきます。そうして、何もすることのない午後は、巣箱の国の小さな物語をいろいろ考えるようになったのです。

ふたつのバッグ

バッグをふたつ持っていて、ひとつは海に持っていって、ひとつは町に持って出かけます。海のバッグの中身は水着にタオル、サンタンオイルに日焼け止めクリーム、そしてミネラルウォーターの小さなボトル。怪我した時の用心にマーキロにバンドエイド。缶切りや栓抜きの付いた小さなナイフも入れておくと便利。それに二番目に気に入っているTシャツとサングラス。風が強い時は少し寒いかもしれないから小さめのブランケットもあるといい。シュノーケルや水中めがね、足ひれなんかも持っていけるといいけれど、荷物になるし、バッグはこれで一杯。部屋の隅にそれだけ入れていつもきちっと置いてあります。

町のバッグはノートとペンと本とティッシュとハンカチ。たったそれだけ。本当は手ぶらの方がいいんだけれど、いろんなものを買ったり貰ったりするから、やっぱりあった方が都合がいい。でも町のバッグはいつも部屋のあっちこっちにほったらかし。毎日のことだからそのバッグには夢があまり入りません。でも、海のバッグには夢が一杯。今年の夏は一度も海には行かなかったから。

トレラタブレ

テーブルがみっつあります。狭い店内に、四人掛けのがひとつ、二人掛けのがふたつ。昼間、ここに座るひとはいつも決まっていて、やって来る時間が近づいてくると、他の作業を中止して、テーブルクロスを換え、遅い昼食の準備をします。

営業は夕方からなのですが、毎日やってくる三組のカップルのために特別に店を開けています。簡単な料理とワインなどを出すだけなのですが、こうして店を開け、お客さまを待っていると不思議な気持ちになります。たった三組のお客さまのためにだけ、お店を続けているような気持ちになるからです。

夜のお客さまは、それぞれに好きなものを注文して、飲んで食べて、それなりに満足してお帰りになりますが、昼間のお客さまは、料理を毎日楽しみにというより、批評しに来るのです。

料理には決まりがあります。地元で採れたものを主に使うこと。食材に火は必要以上通さない。あまり多くの食材を組み合わせない。スパイスも最小限に控える。できれば素材そのままをアレンジするというのがベストなのです。

お店は、山に囲まれた小さな入江のはずれにあります。魚も野菜も、市場に行けばいつも新鮮なものが手に入ります。

三組のお客さまは、市場で毎日仕入れた食材を試食するという使命がありました。店を始めるとき、何もない小さな町でも確かな文化を築きたいという希望があり、それを町の同じ世代の人たちに相談すると、こちらの料理の腕前やセンス、知識などを認めてくれて、毎日どんなものを仕入れて、お客さまにどういった料理を出すのかを一緒に勉強していきたいということになったのです。ですから、毎日、その日の一番良いと思われる食材を選び、テーブルのコーディネートなども含めた、いわば料理の研究会のようになっていったのです。

忘れていましたが、店の名前はトレラタブレといいます。みっつのテーブルという言葉をイタリア語風にして、そのままローマ字読みしたものです。魚と野菜と肉、ひとつひとつがテーブルのテーマになります。三組のお客さまは、魚屋さん、八百屋さん、肉屋さんです。店を始めてから、みんなも独自に勉強したり、新しいものを試してみたりして、常に胸を張って自慢のできる食材を、お店を中心に研究してきたのです。といってもまだ半年しか経っていません。年齢も平均すると三十歳を少し過ぎたぐらいです。しかし、こうして毎日、気を抜かずにやってきてくれるおかげで、店はどんどん新鮮な空気に包まれるようになってきました。自分たちを含め、この辺りのこれからの生活のスタイルが、みっつのテーブルに毎日表現されているような気がするからです。特に気取って考えているわけではありませんが、小さな入江の小さな町で、店が中心となった新しい文化が起きているという気がします。何もない町ですが、店が図書館だったり、雑貨屋だったり、ちょっと洒落た食堂だったりすることを町のみんなが認め始めてくれたのです。そして、それはこれからもずっと続いて、イギリスの田舎町に古くからあるパブのような歴史が作っていけたらいいなと思っています。

よっつの雲

　雲がよっつ浮かんでいて、ひとつひとつ、なんかの形に似ているのかなと眺めても、どれも、特別何かに似ているようなものはなくて、まっ、しいて言えば円盤かな、ひらべったいのや葉巻のようなやつ。なんて思ってたら、そうだ、宇宙人は地球人にいろいろなメッセージを伝えるためにいつも来ていて、円盤も、鳥や飛行機や雲なんかに自由に形を変えることができるらしいって話を思い出した。そういえば、山の稜線に沿ってぴったり一列に並んでいるのがちょっと怪しい。

　そしたら、一個がふっと消えた。あっと思ったら、またよっつになった。やっぱり円盤かな、じっと動く様子もないから、こっちもじっと見つめることにした。

するとー番左の雲がむくむくと動いて、あっ三角になった。それってきっと山？　そう思ったらまたもとの雲の形に戻った。こんどはそのとなり、何？　うーん、羊。そのとなりも動きだして、簡単簡単、自動車。それから、一番右、もぞもぞしながらふくらんでいるだけで、ぜんぜん形にならないじゃない。どうしたの？　わかった、雲だ、入道雲。するとその雲が丸くなって、正解って言っているようだった。

じゃ、こんどは、私が思った形をやってみて。まず向日葵《ひまわり》。そうそう、うまいじゃない。一番左、グッドです。次はね、ギター。やるね、なかなか。ちゃんとサウンドホールを丸く開けてあるのがいいよ。はい、そのとなりはダックスフント。えっ、違う違う、それはシベリアンハスキー。知らないの、もっと耳が大きく垂れてて、足が短くて、胴が長いの。そう、そんな感じ。で、最後は何にしようかな。ねっ、彼の顔やってみてくれない。頭の中で思い描くから同じようにやってね、どう、できる？

彼の横顔。素敵、感じよ、感じ。だめだめ、みんなもとに戻らないで、しばらくそのままでいて、お願いだから。私、初めて空に絵を描いたんだから、これで夕焼けが眩しかったらいいな。青空から夕焼けに変わっていくの、きっともうすぐだから待っててよ。あっ、消えないで……。

空にスーッと一本の白い筋を残して、雲は消えてしまいました。あー、残念。きっと、こいつは円盤って本当にいるんだって信じたから、もういいかって感じでいなくなったのね。甘い甘い、このぐらいのことじゃまだ信じない。もう三十歳過ぎたんだから、今度は円盤に乗っけてね、緑の光線で迎えにくるの待ってるから。

いつつの風景

誰にでも風景の記憶というものがあります。一生懸命思い出せばきりがないほどたくさんの風景が頭の中に甦ってくると思います。でも、自分の記憶の中でもモニュメンタルなものとなるとそう多くはないような気がします。そしてその多くが特別な体験や出来事といったことになると思いますが、そんなこととはまったく関係なく、いつもその場所や風景に心を惹かれ、いつまでもその記憶が自分の気持ちの裏側にあり、まるで聖地を眺めていたかのような印象を心の奥に残しているということもあります。

東側の窓の雨戸に節穴がひとつ空いていて、そこから明け方の太陽の光が強く差し込むと、壁に近所の景色が映し出されます。自分の部屋がカメラオブスキュラという写真の装置が発明されるきっかけとなった実験室のようになります。暗い部屋の中に拡散された光は虹の色を含んで、ベッドで寝ていたはずの自分が一瞬どこにいるのかわからないほど、逆さまになった景色を新しい世界の入り口のように煌めかせるのです。

水道部と呼ばれているところがありました。どっしりとしたコンクリートの円塔形の建物がふたつ建っていて、てっぺんにはそれぞれにオリーブグリーンの窓のある丸い部屋のようなものがぽこんと小さく飛び出すように付いていました。それはまだあまり高い建物が近所になかった頃はどこからでも見えて、屋根に上ると、ヨーロッパの田園に囲まれた古いお城を眺めているような気分にさせました。高い塀で囲まれた水道部は、中がどうなっているのかわからなかったので、きっとその建物が目に入るたびに不思議な気持ちに誘われ、知らない場所を旅しているかのような想像を巡らせてくれたのでしょう。

火事がありました。道を一本隔てた家が深夜にあかあかと燃えていて、外に出てみると燃えさかる炎の熱気が頬に熱いぐらいに感じたことを覚えています。それは、自分の家に接した裏の家が燃えたときよりもダイナミックで、火事の恐怖と星空の中で燃え上がる炎の力強い美しさを同時に感じさせました。

　小学校の校庭の真ん中に古い桐の木が一本だけぽつんとありました。雷などに何度か打たれ背は低く、幹だけが太いずんぐりとした木です。校庭で遊んだ子供はみんなその木に登ったり、ナイフで名前を刻んだり、根や幹の空いた穴にいろいろなものを詰め込んだりしました。

　朽ち果てそうな木だったので、みんな鉄棒やブランコのような校庭の遊び道具のひとつのように勝手に木を弄《いじ》くり回していたのです。でも、夏休み、プールの日を間違えて学校に行くと、熱い太陽の光を反射している広い校庭に、小さな木陰をつくっている桐の木が見えました。タオルと海水パンツを入れた袋を持って誰もいない校庭のその木陰でひとり佇んだことを覚えています。

庭にはたくさんの風景の記憶があります。様々な葉や草花以外にも、埋もれていた石を裏返すと蟻の巣があったり、縁の下には地クモの巣や割れた植木鉢のかけらなどを発見することができました。

雨あがり、庭には小さな水溜まりがところどころにできます。そんなひとつをしゃがみ込んで覗くと、アメンボが水の上をスーッ、スーッと走ります。やがて青空が広がり、白い雲や自分の顔がスカイブルーの水溜りにはっきりと映り出します。高い空の下のミニチュアな世界が静止した時間の中にいつまでもあったような気がします。

むっつめのカフェ

　それまでに、気に入っていたカフェというか喫茶店がいつつありました。最初の店は、線路沿いにあった小さな店で、いつも近所の友達ばかりが夜遅くまで集っているところでした。二番目は、学生時代の女友達三人が作った店で、わいわいと賑やかに始めたものの、たった二ヵ月で彼女たちは飽きてしまい、半年後には店を手放してしまいました。その次は、コーヒーの専門店で、その頃憧れていた詩人やミュージシャンなどがいつも来ていて、本を読んだり、仕事の話をしていました。それから、音楽好きのマスターが、新しいレコードを手に入れてはいつも楽しそうに眺めていて、客も一緒にそれを嬉しそうに聴いてしまうという店もありました。もうひとつは、公園の真ん前にあって、新婚らしい奥さんがクッキーやケーキやパイなどをカウンターにいっぱい置いて、ニコニコしながらお客さんが来るのを待っていました。

気に入っていたからといって、いつも通っていたというわけではありません。なんとなく遠くから眺めていたいから、たまに顔を出すといった程度で、店の人と世間話をするほど親しくはなりませんでした。店の常連になってしまうと、勝手に店や雰囲気を観察することができません。のんびりお茶を飲んだり本を読みながらときどき店の様子を窺うというのがいいんです。いつ行っても新鮮な気分に浸れるからです。必要以上のことを知ったり知られてしまったりすると傍観者にはなれませんし、客としての適度な緊張感もなくなってしまいます。その頃、喫茶店は、まだ自分の知らない世界への入り口のように思っていました。だから、気に入りの店はそれぞれ何かしらの文化を感じさせてくれました。しかし、それがどういうものかということはうまく説明ができません。内装や食器やメニューといったこともありますが、店の人の知識やイメージと共に、どこかナイーヴな感性が全体に流れているということがひとつの基準だったような気がします。

でも、六番目に気に入った喫茶店では、逆にこちらの方がチェックされていました。店の女性に、最初に来た日、何を注文し、どんな服装をしていたかまで覚えられていたのです。その店はすべてがシンプルにまとまっていて、どんなものでも感心することの方が多く、最初から傍観者ではいられないような店でした。いままでの自分の許容範囲を超えていたからです。彼女のいる空間は、張り詰めた感性を感じさせながらも、夏の昼下がりの木陰にいるかのようなゆったりとした時間が流れていました。なんだか、自分の居場所がやっと見つかったような気がして、毎日通うようになると、彼女とも親しくなり、お客さまのことを覚えるのは当然のことだということも教えられたのです。

いままでのいつつの店は、気に入っていたとはいえ自分と同じ平面上にあるのだと思い込んでいたような気がします。だからこそ、のんびりと過ごしながらも冷静に観察することもできたのです。しかし、その店は、観察することより興味の対象が常に自分に返ってくるようでした。当然のことなのに知らないことが多すぎて、空間の中で自分が浮いているということを強く感じてしまうのです。しかし、彼女と話すことで、少しずつ素直になっていくのがわかりました。そして、新しい出会いも、その店に通い始めてから生まれるようになりました。自分がひとつ成長したような気分です。

セヴンドッグス

セヴンドッグスという服のブランドを考えたことがあります。森に住む七匹の犬の物語を作り、その進行に合わせ、それぞれの犬のキャラクターを活かした服を考え、服の組み合わせによって、話の内容も伝わっていくというものでした。

　水玉やブチ、白や黒や茶といった、それぞれの犬のキャラクターや種類によって個々のベーシックなモチーフを決めます。そして性別や性格に合わせてデザインを変えていきます。男性用、女性用、ポップなもの、トラッドなものなど。また、雨の日、晴れの日、嬉しい、悲しい、山や川、森といった要素もパターン化します。

例えば、水玉のキャラクターの雌の犬がいます。性格は明るく、ちょっとお転婆です。彼女が川へ遊びに行くというのは、水玉のワンピースに、川のパターンの示されたカーディガンを着ればそんな意味になることにします。これに、もっと細かな意味を付けた帽子やスカーフ、靴、バッグや様々なアクセサリーを加えると、より複雑な意味というか話をひとつのコーディネートの中に描くことができます。

お店では、二ヵ月毎に絵本を出します。七匹の活躍する楽しい話とイラスト、そして、話をベースにした商品の紹介なども載っています。服やアクセサリーは定番のものを基本に、話の内容によっては特別に作られるものもあります。マニアアイテムになるようなものも生まれるかもしれません。

もっとも、こんな思い付きも、話やキャラクターがおかしかったり、可愛かったり、楽しかったり、ロマンティックなものでなければ成功しません。

もし、このブランドがヒットすれば、服を買った人たちが勝手にいろいろな話を作り、それで会話が成り立ったり、その日の気分を着ているもので独自に表現することが流行ったりするかもしれません。

ちょっと子供っぽい思いつきですが、服を作る方も着る方も最近は何か当たり前すぎて、その時代の匂いがしません。すごく無理して作って、着る方も無理して着てるなんてことがなくなってきたように思います。あの頃、こんなの着てたんだよねーって、十年後ぐらいに写真を見てバカ笑いできるものって、けっこうセンチメンタルな輝きがあって、ひそかに心の片隅にしまっておけたりします。また、自分で一生懸命ふくらませた気持ちっていうのは、歳を取っても忘れることなく、ずっと心の奥に残っていて、ちょっと永遠の匂いがしませんか。

やっつの夏

レテ、デア　ゾマー、ドゥ　ゾーマ、ソムマル、レスターテ、オ　ヴェロン、エル　ベラーノ、ムア　ハ。やっつの夏です。いろいろな国があって、いろいろな夏があります。どれだけの国の夏という言葉を調べられるかと思ったら、とりあえずこれだけ。無理すればもっとわかると思ったけれど、これで十分。サマーというのがあるけれど、これは良く知ってるから省きました。

なぜ調べたかというと、言葉だけでどれだけその国の夏のイメージが描けるのだろうと思ったからです。この中で行ったことのある国はフランス、イタリア、ベトナムぐらい。ポルトガルもスペインも行ってみたいけれど、まだ機会がありません。

しかし、こうして書いてみると、最初のみっつまではなんとなく夏という言葉のイメージを感じるけれど、他はまったく頭の中に思い描けません。きっと、言葉にリアリティを感じないからでしょう。その国の言葉を勉強していたり、馴れ親しんだ覚えがないからです。単純な話です。

でも、しばらくじっと見つめたり、口に出してみたりすると、なんとなくそれぞれの国の夏が少しずつ伝わってくるような気になります。

ひとくちに夏といっても、自分たちが思い描いている以上にいろいろな夏の様子があります。それぞれの国に夏という言葉がある以上、その国の生活の中に溶け込んだ夏があって、遠い記憶を呼び覚ますような季節の作用があるのです。

だから、いろんな国の夏を集めてみると、その国の人々の生活や考え方などがわかるような気がします。美しかったり、辛かったり、楽しかったりする生活環境のピークがそれぞれの夏に見えるからです。

ここのつの洗濯

彼のシャツを洗う。自分の下着を洗う。彼のコットンのパンツを洗う。自分のブラウスを洗う。彼のハンカチを洗う。自分のハンカチとタオルやふきんも洗う。枕カヴァーとシーツを洗う。そして、彼の下着を洗う。風が気持ちいいから、ひさしぶりにカーテンも洗う。

今日一日、したことはそれだけ。あとは彼が帰ってくるのをじっと待つ。いままでにそんな一日が三回あった。いつもこんな気持ちの毎日が続けばいいなとそのたびに思った。洗濯をすると気持ちも一緒に綺麗になって、新しい時間が生まれてくるような気がする。

パリッと乾いた洗濯物を取り込み、丁寧にたたむ。ちょっとお母さんになった感じで、よいしょ、なんてかけ声をかけて、たたんだ洗濯物を抱えて立ち上がり、しかるべきところにしまう。

　愛と勇気と希望と絶望、悲しみ、喜び、健康に信仰、そしてお金。いろんなことがあるけれど、何を取るかっていったら、やっぱり最初は愛。洗濯をしていると見えてくるのは、すごく個人的な小さな幸せ。それを光と風の力を借りて、毎日毎日積み重ねると、もっともっと愛がふくらんで、勇気と希望につながっていく。それから、きっと、いろいろなことがあって、それを乗り越え、永い人生をまっとうする。だから、まずは洗濯。そしてそれが基本の選択。

SUNLIGHT BOOK

デイズ

　毎日自分の食事を絵に記録している人がいました。近所の食堂に一緒にご飯を食べに行くと、私のことは気にしないでと言って、愛用の水彩画セットをバッグの中から取り出し、テーブルに並べられた料理を描き始めます。ときどき料理をちょこっとつまみながら、ほんの五分ぐらいで仕上がります。朝も昼も夜も同じことをしています。彼女はそれをギャラリーの壁に貼って、作品として展示します。何回かそんな彼女と食事に行ったのでこちらは慣れっこになっていましたが、たまにお店の人がびっくりすることがあります。女将さんやアルバイトの人や板前さんまで、みんな彼女の前で描き上がるのをじっと感心しながら眺めます。

そして、偉い絵描きさんかと思われて色紙まで用意されたことがありました。

ひとりでポストカードを制作し、それを売って生活している人もいます。彼女は、自分はお豆腐屋さんだと言います。一個百円のものを毎日毎日売っているからです。でも彼女のポストカードはあちこちで売っていて、けっこう売れるようなのです。青山のマンションのペントハウスのようなところに彼女は住んでいて、本当にたまにしか売れることのない、一枚何万円かの絵を売っているこちらより数段良さそうな暮らしをしています。

彼女は365日のカードというのを制作しています。1から365までナンバリングされたポストカードを作り、それに毎日の出来事をコラージュしていきます。映画の半券やお菓子の包み、大事な手紙の切手、そして大切な人にもらった花束の中の花びらを一枚だけとか、毎日毎日の彼女の暮らしや心の移り変わりを、誰に出すということのないポストカードに記録しています。

海辺で流木を拾い集め、それを使っていろいろなものを作り続けている人は、「もうすぐ還暦なの」と言っていましたが、まだまだ若さとエネルギーに溢れています。椅子やテーブルといったものから、人形や小さなボタンまで器用に作ります。毎日毎日、暇さえあればいつも手を動かしている人で、パッチワークも得意です。彼女の家は鎌倉の山の上の方にあります。木々に囲まれた芝生の庭には、彼女の作った作品が無造作に置かれ、サンルームは工房になっていて、木工の機械などが置かれています。そして、家の外壁にはいままでに集めた流木が大きさや太さで分類され、まるで暖炉の薪のように綺麗に積まれています。海の匂いに溢れた山の家です。彼女は自分がものを作れることに自信を持っています。それはいままでずっと作り続けてきたという自信です。そして、その作り方の極意というのは手を抜かないということです。小さくて簡単なものでも、自分の全神経を傾けるのです。そうして作られたものは、どんなところにも彼女の工夫や努力の跡を見つけることができます。そしてそれが彼女の愛情や誠意を含んだ人生の表現なのです。

一年前から日記を付け始めました。毎日が晴れたり曇ったり、ときどき雨が降ったりして時間が過ぎていくのがわかります。でも、そこには、毎日毎日のほんのちょっとしたことの記録を残すことができません。呼吸して、汗を流したような時間を残すことができるのは、手や体を動かして作ったものだけです。

だから、どんなものでもそんな気配の残るものは大切にしたいと思ってしまいます。雲のように現われては消えていくような些細な知恵や工夫が、毎日の生活の中に埋もれながらもそこに息づいているような気がするからです。

カフェ

葉山でカフェをやってみたかった。ブルーのストライプの日除けのテントの似合うような、オープンエアーの南仏風の洒落たカフェを作ってみたかった。

ワタルは母の持っていた僅かな財産でどこかにマンションを買うということよりも、母の希望でもある、仕事をやめて一緒に何か店でもやらないかという話に気持ちが動いていた。二十六歳で横浜のテナントビルのワンフロアを任されているといっても、安物の若者向けの衣料品ばかりを扱うショップの面倒を見ているだけの仕事で、この先いくら頑張っても自分の将来が大きく変わるという見込みはなかった。一度は好きなことを思いっきりやってみたかったから、この秋に突然父と離婚し、ひとりになってしまった母の提案は、以前から頭の中にあったカフェのイメージをどんどん膨らませた。

葉山の海の見える丘にぽつんと建っていて、午前中から昼にかけてブランチの客で賑わい、のんびりとした午後にはお茶と会話を楽しむ人たちがいて、夕方から夜にかけては、食事やお酒を飲みながら和めるような感じのカフェがあったらいいなと漠然と思った。

少し不動産屋を回って調べてみたら、そんな都合のいい場所があるはずもなく、もちろん予算にしても現実的にはまったく問題外だった。それに、不動産屋で、葉山でカフェをやりたいと言っただけで、「そんなことやっても儲からないよ」と逆にさとされてしまうばかりだった。「葉山はイメージはいいんだけど、客が付かないところだよ。夏はまあいいとしても、冬はね、駄目だろうね」。何軒か回っても、みんな同じようなことを言った。

しかし、そんなことを言われても気持ちは変わることはなかったから、ワタルは仕事をやめカフェを本気で始めることにした。ただ、まったくの素人だったから不安な気持ちもあった。幸いにも、知り合いに雑貨や家具などに携わっている人が多くいて、東京などで人気のあるカフェやレストランの事情に詳しい人もいた。ワタルは気になる店を探しては毎日のように通い、味はもちろん、サービスの仕方や厨房のシステムや食器などを研究した。ワタルは自分でできる範囲というのは、喫茶が主体で軽食を出すぐらいの、せいぜい二十坪程度の店が限度だと思った。母とふたりでやるにはそれ以上は無理があった。店の賃料次第ということもあるが、店を大きくすれば、アルバイトも増やさなければならないし、設備の面でもお金がかかってしまう。何といっても、カフェの客単価を考えると、そう儲かる商売ではないと試算するだけでわかった。ただ、母とふたり生きていければ良かったから、たいして儲からなくても、自分の好きなようにやってみたいと思っていた。

そう考え、店を本気で探し始めてみると、思いどおりの物件というのはなかなか見つからないものだった。広過ぎたり狭過ぎたり、場所が悪かったりと、いくら自分のイメージを譲歩させてみても、何とかここでやってみようと決心がつくだけの店はなかった。東京や横浜といった大きな街に店を出すつもりもなかった。ざわざわとしたところでは気持ちが落ち着かないと思ったからだ。いろいろ考えているうちに、学生の頃よく観ていた、ジャック・タチやフランソワ・トリュフォーやジャン・リュック・ゴダール、それにエリック・ロメール、ジャック・ドゥミの映画に出てくるような様々なカフェに憧れが移っていった。街の中に溶け込み、親しみがあり、人情があり、いつも賑わっているような店にしたいと考えるようになった。

だから場所を鎌倉にした。街の大きさも適当で場所的なイメージも悪くなかった。それに観光客相手の喫茶店や、古くからの馴染み客が集まっているような喫茶店はあるが、自分と同じ世代の人たちが集まれるような洒落た店はなさそうだった。

ワタルは、中学生の頃、鎌倉に一時住んでいたこともあり、親しみのある街だった。店を鎌倉で始めようと決めた時、再び海のそばに住みたいという気持ちもあったから、十一月の末に母とふたりで横浜から鎌倉の材木座のマンションに引っ越した。そして腰を落ち着けてからじっくりと店を探そうと思った。

しかし、母の方は焦っていた。なるべく早く店を始めて生活を安定したものにしたかったからだ。そして、ワタルが店を決めかねているのを見て、もうここで始めることにしましょうと、一年ほど借り手のなかった新築のビルの一階を強く推した。その場所は、表通りから少し外れ、考えていたより床面積も広く、その分賃料も予定していた金額よりも高かった。最初ワタルは反対したが、母の気持ちを考えると、あてもなくいつまでも悩んでいてもしょうがないと思い、大変かもしれないが、年が明けたら契約しようと、そこで始めることに決めた。

鎌倉に住み始めてからワタルは駅周辺はもちろん、江ノ島から葉山の方まで足を延ばしてあらゆる店を見て回った。自分の頭にあるイメージどおりの店はなかったから、思い通りにいけばきっと評判になると確信を持った。内装は中学時代の同級生のノブを頼った。彼は鎌倉にインテリア・デザインの事務所を構えていて、地元でも雑貨屋や洋服店など何軒かの内装を手掛けていた。中でもワタルは漆喰《しっくい》の白い壁に小さなタイルで貝殻や海藻をデザインして嵌《は》め込んだ海岸通りの雑貨店のデザインが気に入っていた。彼にインテリアを含め、いままで考えていたアイデアを伝えると、次々と問題を解消するように話に乗ってくれた。中でも頼もしかったのは、知り合いが多いということだった。若いサーファーから市役所の人まで、地元のあらゆる人たちと顔見知りだった。少なくとも彼が店をデザインしたとなれば、それだけで何十人ものお客さんが確保できた。鎌倉は思っていたより小さな街で、観光客を除けば、近所でふらふら遊んだり飲み歩いている人はほとんど顔見知りといってもいいぐらいなところだった。

店の名前はl'été、フランス語で夏、カフェ・ド・レテ、海のそばにあって、いつでも夏を感じさせるような開放的な店にしたかったから、そんな名前にした。

店の設計が始まると、問題が山積みした。まず、だいたいのメニューを考え、それに相応するだけの厨房の設備を考えなければならなかった。床の排水などをどうするかによってもお金のかかり方が違った。調理師免許を持つ母が厨房の担当だった。ワタルは一時通っていたフランス語の学校で知り合った料理研究家を目指しているサチエを母に紹介し、彼女とふたりで最低限どんな設備が必要で、どんなものがメニューになるのかを考えてもらった。ワタルにも一応のアイデアはあったが、自由に考えさせた方が本人たちも楽しそうだったから、あえて口を挟まず、ふたりに任せることにした。

店の一番奥が厨房になり、そこを壁で仕切り、店内に面した方にカウンターを作り、そこにレジやエスプレッソ・マシンなどを置くことにした。店内の床はタイルにしたいと思った。滑りやすいかとも思ったが、ちょっとざらついたものを選べばそれは解消した。落ち着いたモノトーンのタイルの上に、白木のシンプルな椅子やテーブルを並べる。壁にはコレクションしているフランス映画の大きなポスターを飾りたいと思った。

ノブはワタルの意見を取り入れながら、細かい部分などの修正を加え、壁や床、カウンター、厨房などのデザインを決めていった。道路に面した部分はドアと共に最初から大きなガラスのウィンドウになっていたからそのままにして、ストライプの日除けのテントを付けることにした。壁を明るいクリームイエローにしたので、テントも同じようなイエローのストライプに決めた。内装を考えると同時に、食器や食材などの準備もしなければならなかった。知り合いの雑貨店などであれこれ意見を聞いたり、食材の仕入先なども探さなければならなかった。家具や食器は知り合いに頼めばなんとかこちらの都合に合わせてくれそうだったが、食材はこだわればこだわるほど、仕入単価も高く、どこで見切りをつけて決めればいいのか悩んだ。そう多くのメニューがあるわけではなかったから、しっかりとしたもので構成したかった。例えば、コーヒーの豆やミルク。コーヒーの豆は自分で焙煎し営業している人が早くから熱心に売り込みに来てくれて、種類や入れ方などいろいろと教えてくれた。ミルクは、営業用のミルクと鎌倉の紀ノ国屋などで売っている値段の高いミルクと比べると、カフェ・オーレなど明らかに味が違った。できれば値段が高くても美味しいものを使いたかった。採算を度外視してもと考えたかったが、いまの段階でそんな無理はできなかったから、何とかそれに近いものを探したいと思った。

ノブは鎌倉に住んでいるいろいろな人を紹介してくれた。アルバイトをしてみたいという女の子をはじめ、花屋、レコード屋、編集者、カメラマン、スタイリスト、ファッション・デザイナーなど、みんなワタルの店に期待を寄せてくれた。

「鎌倉には昼間のんびりとみんなが集まれるような店なんてないし、きっと仕事の前や後にやって来るよ。みんな東京で仕事をしてるだろ、ほんとは行くの嫌なんだよね。だから家から出てもすぐ電車に乗りたくなくて、そこでお茶でも飲んで、少し和んでから行こうかって気持ちになるんだと思うよ」

大手の出版社に勤める山本さんがそんなことを言ってくれた。ワタルもみんながいつも集まってくれたらいいなと、早く始めたい気持ちで体がわくわくしてくるのを感じた。

店は三月の半ばに完成した。オープンはその翌週の日曜日に決めた。その日は営業するのではなく、知り合った人たちや、友人、そして手伝ってくれた人たちを招いてのオープニング・パーティにした。これから始めるための挨拶をみんなにしたかったし、手伝ってくれた人へのお礼もしたかった。

オープンの前夜、鶴岡八幡宮の段かずらと呼ばれている参道の桜並木は満開だった。提灯に明かりが燈り、両脇を車が行き交う道路の中央に残された細長い道を、真っすぐに照らしている。息抜きに桜を見に行ったワタルは、引っ越してきてまだ参拝したこともなかったなと思った。桜はワタルの気持ちをセンチメンタルにさせた。あっという間に過ぎてしまったこの何ヵ月間かを思い出させ、引き返すことのできない時間がこれから始まるということを考えさせた。その不安が神にでも祈っておこうかなという弱気な気持ちに変わると、頭を振って、しっかり頑張ればいいんだと自分に言い聞かせた。正面の赤い大きな鳥居の先にある山の中腹を見つめ、ワタルはペコリと頭を下げ店に帰った。

夕方からのオープニングには早い時間から人が集まりだした。あっちこっちから花が届き、ワインやシャンパンを下げてきてくれた人たちもいた。自分の知っているほとんどの人たちが友人などを誘って来てくれたので、すぐに店内はいっぱいになり、表にも人が溢れた。ワタルは感激していた。いままで自分のことでこんなにたくさんの人が集まってくれたことなどなかった。それだけみんなが喜んでくれて、期待されていることを実感した。母はその盛況ぶりを見て涙を浮かべていた。ワタルはこれからどんなに大変でもちょっとお洒落で、明るく楽しく、毎日が呑気そうな気持ちの良い店をやっていきたかったから、店内に一番最初に流す音楽はそんな気持ちにぴったりのジャック・タチの映画『ぼくの伯父さん』のテーマ曲に決めていた。カフェは自分のイメージとお客さんのイメージが重なって少しずつその街の文化に馴染むものだ。そんなことも考えて、ワタルはまず自分の好きなものをいろいろと見せて、自分とお客さんの接点を見つけたりしながら、お客さん同士もそれぞれ自由にコミュニケーションのできるような場所にしてみたいという希望があった。

　しかし、ジャック・タチの演じるムッシュ・ユロのように間の抜けた呑気そうな音楽はざわざわと賑わっている店内にはまるで効果もなく、雰囲気も合わなかった。でもワタルの耳にはいつも聞こえていた。そしてきっと聞いてくれている人もたくさんいるはずだと思った。みんなの笑顔の中にそんな音楽が流れているような時間を共有させることが、自分のこれからの仕事なんだとワタルは心に決めていた。

エンジェル

「誰かいい人がいたら紹介してください」

いままでに何人もの女性にそんな言葉を聞かされた。葉山の雑貨屋で店番をしていると、いろいろな人がやってきてはいろいろな話をして帰っていく。雑貨屋というのは女性客が多く、男性は少ない。カップルで来る場合は、世間話をした後、近所の美味しいお店や、気持ちのいいカフェなどを紹介するような話で終わるが、女性客だと、会話が長くなるとだいたい先程の「誰かいい人いないかなあ」という話題で話が行き詰まり、こちらの「まあがんばってね」といった気の入らない励ましの言葉で終わる。暇な店だったから、毎日、客とお茶を飲みながらそんな午後の時間を費やしていた。

「遠くから来たんですか？」

「ええ、静岡から」

「それは大変でしたね」

「でも、前から一度来てみたいと思ってたんです」

雑貨屋といっても、近所の友人たちの作った、海で拾った貝殻やガラスの破片をくっつけたフォトフレームや、流木を使ったライトスタンド、家具などを集めて置いてあるような店で、どちらかといえば、道楽でやっているような気楽な店だった。もちろん売り上げなどはあまりないから、店の宣伝と原稿料欲しさに、頼まれれば雑誌などに、店のことを含め、素敵な湘南のライフスタイルとか、生活に必要なものは自分で作ると楽しいなんて話をせっせと書いていた。チープだが店の雰囲気だけは気を使っていたから、夏が近づくと店の取材や原稿の依頼は増えた。そのかいもあってか、わざわざ遠くから店を訪ねて来る人も多く、雑貨フアンの間でちょっとした話題にもなっていた。

店は枕木を利用したボードウォークのある、洒落たショッピングモール風に作られた場所のいちばん奥にあって、ややサンタフェ風の建物の一階でこっそりとやっているような感じだった。でもガラス窓からは光がいっぱいに入り、明るくてのんびりとしたイメージが全体に漂っていて、決して悪い雰囲気ではなかった。しかし、山に囲まれ海も見えないような場所だったから、ただでさえドライヴのついでに立ち寄るような客は少なかったし、雨の降った日などは客がひとりも来ないような閑散とした場所だった。

「江川さんはちょっとね」

「何言ってるんだよ、まわりで独身の男っていったらあいつぐらいしかいないんだよ」

「でもね」

「まったくわがままなんだから」

みんな、誰か紹介しろというから、知り合いのただひとりの独身男性で、出版社に勤める江川君の話をすると、決まって是非会いたいというくせに、会うとみんな同じような答えを返す。

だいたい、そんな話をする女性は二十八歳ぐらいから三十歳過ぎの人が多く、その年齢の男性はみんな結婚しているか、ガールフレンドがいるのだ。だから、紹介しろという方が無理がある。江川君だってインテリだし、ルックスだってそれほど悪い男ではないが、ちょっと陰気な感じがするというだけのことだ。都合良く憧れの人にぴったりなんてやつはいるもんかと、そんな時いつも思ってしまう。本当に誰でもなんでもいいから紹介しろというわりには、趣味がはっきりと決まっていてうるさいことを言う。まったく勝手なものだ。

ときどき顔を出すようになったサチコもそんな女性のひとりで、もうすぐ結婚するというミチと一緒に近所でランチを食べた後などに店に寄るようになった。ふたりはそのころエステティックに凝っていて、クロロフィル美容というのに真剣に通っていた。

「今日ちょっとふたりとも顔が緑っぽくない？」

「やっぱりわかる、顔が緑になっちゃうのよね」

ふたりでほんの少し緑がかったお互いの顔を見つめた。

「でもね、エステの先生って、結構いい年なんだけど顔なんかつるつるなのよね」

サチコがそう言うとミチが、

「ほんとにそうなのよ」

と頷く。

「それって、毎週やるの？」

「そう、それで顔が緑色になっちゃって、二、三日取れないの」

「へーッ、そんなことまでしてよくやるなー」

「でも、もっとおかしいのは、毛穴の脂肪や汚れを取るんで、ぎゅっと汚いところを絞るようにすると、とっても痛いのよ。もちろん血も出るでしょ、この前、私がクロロフィルのパックやってて、ミチの方を見たら顔中血だらけで恐いの、思わず吹き出しちゃった」

「失礼ね、サチコだって思いっきり緑の顔して笑ってたじゃない、それだって恐かったわ」

　ミチの結婚相手は学生時代から付き合っていた人で、紆余曲折あったが、やっぱりふたりで暮らしていこうと決めたもので、ふたりが結婚するといっても、まわりは特別びっくりしたり、喜んだり、妬んだりするようなことはなかった。ただ、サチコはふたりの結婚式の日取りが決まった時、「私もミチと同じ頃に結婚するつもり」と相手もいないのに宣言していた。みんなそんなことは冗談だと思っていたら、本人は真剣でとっても焦っていたのだ。

「コンチワ」

　その日、サチコには決定的な出会いがあった。

「そうだ、彼がいたよ」

タイチは一週間ほど前に、大きな体でのっそりと店に入ってきて、「妹が作ってるんですけど、こんなもんここで売ってもらうことできませんか」と顔と手と背中の羽を木で丁寧に削って作り、綿のリバティ・プリントの服を着せた天使の人形を持って来た。二十センチぐらいの大きさの人形は、顔も手も羽も、小刀で時間をかけて削ったのがわかるくらいに手の汚れが染み付いていていて、白い木の肌に味わいを持たせていたし、それ以上、目を描いたり口を描いたりせずに、削ったままで雰囲気を出しているのが良かった。「妹さんは？」と聞くと、「足が悪くてずっと家にいるんですよ、毎日こんなのばかり作っていて、雑誌で見て、ここに置いてもらいたいなんて言ってるんですけど、あんまり外に出たがらないもんだから、僕が代わりに来たんです」と答えた。

「本当に売れたんですか？」

「すぐに売れたよ。他にも欲しいって人はたくさんいるよ」

「あんなんでいいんですか」

「十分だよ。今度妹さんも連れておいでよ」

「はい、そうします」

タイチはそう言って、バッグの中から、新しい天使の人形をふたつ出した。

「可愛い！」

サチコとミチが同時に声を上げた。タイチは顔を真っ赤にして、大きな体を小さくして、

「妹が作ってるんですよ」

とふたりに説明した。

「妹さんって？」

サチコが聞き返した。

「家でこんなのばかり作ってるんですよ」

「じゃあ、もっといろいろなものがあるの？」

「はい」

「見てみたいわ」

サチコは同意を求めるような顔をミチに向けながら言った。

「じゃあ、家に来ますか？　妹、きっと喜びますよ」

タイチが照れ臭そうに言うと、

「行く行く」

ふたりでそう頷いた。

夕方、再びふたりが店に戻って来ると、サチコが、

「私、恋したみたい」

と言い出した。タイチは父の経営する貿易会社で働いていた。まだ独身で、サチコよりひとつ年上の三十歳になったばかりだった。妹は二十二歳で子供の頃から足が悪く、ずっと車椅子の生活だったが、絵を描いたりものを作るのが好きで、タイチは時間の都合がつく限り妹の面倒をみていた。

「大きな暖炉があって、素敵なお家なの」

「妹の作品はどうだったんだよ」

「すっごく可愛いの。外に出たがらないって言ってたから、くらーい性格なのかなって思ったら、恥ずかしがり屋なだけで可愛い子なの。明日連れてくるから」

「明日って、もうそんなに仲良しになったの」

「もちろん」

「サチコったら、いつになく積極的なのよ。お母さんにもしっかり挨拶して、自分のこと売り込んでるのよ。明日からタイチさんが出張でオーストラリアに行くって聞いたら、エーッってびっくりしながら、じゃ、カコさんがここのお店にしばらく来れないから私が案内しますなんてずうずうしく言うのよ」

「何言ってんのよ、ミチだって、私も結婚考え直そうかななんて言ってたじゃない」

「おいおい、ふたりともそんなこと言ってる前に、その緑の顔気づかれなかったの」

「あっ、いやだ。私たち緑だったんだわ、どうしよう。ね、まだ緑っぽい？」

「そうだな、サチコの方がちょっと緑かな」

そう言うと、サチコは落ち込んだ顔をして、

「私、また駄目かしら」

と少し涙声になった。慌てて、「大丈夫、気がついてないよ、心配するなよ、頑張れば」と励ますと、ミチも、「私と一緒に結婚式するんでしょ」となだめるように言った。するとサチコは、「うん」と頷いて、

「来週の日曜日まで彼に逢えないのよね」と狡そうな目をして笑った。

ハウス

　ほんの少し海に突き出した丘の上には新しく建てられた住宅が何軒か並び、碁盤の目のようにきちんと仕切られた土地の脇の整地されていないところは、まだ畑として僅かに残されていた。

「ここに家を建てたいのよ」

　アーティチョークの植えられた畑には、暖かくなってきた陽射しの中で育ち始めた葉や茎が海からの風に身を委ねていた。

「あと二ヵ月ぐらいかな。摘み残した蕾が花を咲かせるの。そして梅雨が来るのよね」

　トモが長い髪を頭の後ろに押さえ付けながらサトルに話しかけた。

「もともと農家だったから、おじいちゃんがこうしてまだ畑をやっているの、家に来れば裏の山にも畑があって、庭にもいろいろな花が咲いてるのよ。水仙とかムスカリとか菜の花とか菫《すみれ》」

「家ってどっち？」

「あっちの山の下の辺り」

トモは振り返って、三浦半島にだらだらと連なっている小さな山々の一番手前のひとつを指差した。

トモは高校生の頃、真剣にマッサージ師になろうと思った。体の小さな割りには指の力が強く、どういうわけか昔から人の肩を揉んだり、腰を揉んだりするのがうまかったから、みんなに喜ばれ、自分の天職なのだろうとずっと思っていた。けれど、マッサージの学校に進みたいと親に伝えると絶対に駄目だと強く反対されたので、高校を卒業すると、トモは深く考えもせずにフラワー・スクールに通い、やがて地元近くの生花店に勤めた。彼女は器用だったし、子供の頃からおじいちゃんについて山や畑で遊んでいたから、足腰もじょうぶだった。見た目よりも遥かに重労働の多い生花店の仕事も特別につらいということはなかった。それに、彼女にとって草花は子供の時からいつも身の回りにあって特別なことをしているという印象はなかった。難しい花の名前や種類もすぐに覚えたし、フラワーアレンジメントやブーケを作る仕事なども自分の好きなようにやっていればそれで済んだ。

「トモはいいね、無理がないんだよ」

サトルが太陽の光を眩しそうに掌で遮りながら言った。

「どうして、サトルだって自由にやってるじゃない」

「そんなことじゃないよ、トモの花に対する接し方だよ。ああしようこうしようという風に悩むことなんてなくて、花の組合せなんかも、感覚的で、自然にやっているような気がする」

「そうかな」

「そうだよ」

サトルはトモの同僚で、三年前、社長の他に七、八人の働く生花店に勤め始めた。仕事場以外での個人的な付き合いはあまりなかったが、サトルが店をやめることになって、トモが配達の帰りの軽いドライヴに誘った。サトルはファッション雑誌や花関係の本などで活躍しているようなフラワーアレンジメントの世界に憧れていた。店は経験を積むだけの仕事として捉えていて、社長の口添えもあり、やっと、そんな仕事をしている人の下でアシスタントとして雇ってもらえることになったのだ。

「俺なんか無理してんだ。自分がこういう仕事が本当に向いているのかどうかわからなくなってきたんだ。いままでは、普通にやっていれば良かったんだろうけど、今度はきっと試されるんだろうなと思うと気が重くなるよ」

「何言ってんのよ、やっと自分のしたいことができるんじゃない。私なんかサトルにいろいろなことを教わってきたから、いなくなると思うと私の方が不安になる」

「でもね、トモは覚えたことをすぐに自分のスタイルにすることができるけど、俺なんか物真似ばっかりで、いつも羨ましいなと思ってた」

「そんなことないでしょ。私なんかまだ一人前ってわけでもないんだし、サトルに羨ましいと思われるようなことなんてないわ」

「ちょっと気弱になってるのかな」

「そう、やってみなくちゃわかんないじゃない」

「そうだな」

風が強くなってきて肌寒くなったので、ふたりで車に乗り込んだ。フロントのウインドウからは、なだらかな斜面の続くアーティチョーク畑の向こうに海が広がっていて、もうすぐ夕日になろうとしている太陽がふたりの顔を照らした。

「トモはこれからどうするの？」

「私？　どうしようかな、まだ考えてない。でも、ここに家を建てたいの。おじいちゃんが子供の頃からこの畑はお前のものだっていつも言ってた。私もここが好きなんだ。昔はこの辺りは全部畑で、いろんなものが植えられていて、あっちこっちにいつも花が咲いていたような気がする」

「昔っていったってほんのちょっと前だよな。きっと十年ぐらいかな」

「八年ぐらいかな。高校生になってからはあまり来た覚えがないから」

「どんどん変わっちゃうんだね」

「そうね」

「家を建てるって、ここに住むってこと？」

「そう、誰かと結婚してここに住むの」

「誰かいるの？」

「いない」

「でも、俺とじゃ駄目だな」

「どうして？」

「トモは野原に咲いているような花が好きじゃない。俺はなんかもっと派手なのが好きなんだよな。この前、トモがサヤエンドウの花、実も少しついたやつ。あれだけ持っていって喫茶店のテーブルに少しずつ分けて活けてたじゃない。あれ見て、俺ってやっぱりこういうセンスないんだよなって思った。素朴で自然なんだよな。トモはあっさりとそれでいいっていう風に置いてきちゃうけど、俺はもっとなんかしたくなっちゃうんだよ」

そう言うとサトルは助手席のシートの上に窮屈そうに両足を乗せ膝を抱えた。

「サトルはやりたいことがたくさんあるのよ。それでいてまだ何にも始まってないからそんな風に思うんじゃない。私なんか何もないのよ。だから、こんなんでいいんじゃないって諦められるんだと思う」

「トモはきっと花と話すことができるんだよ。花に囲まれて育ったから、もともと身についているんだよ。トモはいつでも自然の中にいることができるんだ」

「それってどういうこと？」

「やっぱりトモが羨ましいってことだよ」

トモはサトルの話を聞きながらキイを回し車のエンジンをかけた。

「帰ろう」

「うん」

「ねえ、私ってこのままでいいってことだよね」

トモはサトルに念を押すように聞いた。トモにはサトルのように世の中に出て何かしようという気持ちはなかったから、サトルの話を聞いていてちょっとうんざりしていた。自分と比べてみてもしょうがないことだと思っていたからだ。

「ねえ、何とか言ってよ」

サトルはトモにうまく返事ができなかった。頭の中で繰り返していたのは、「俺がトモの家を建てるよ」という言葉だった。でもその言葉はとうとうトモには伝わらなかった。あと何年かして、まだトモが家を建ててなかったら、その時はちゃんと言えるようになっていたいと、サトルは助手席の窓を開け、海からの風を大きく吸い込んだ。トモは、海沿いの道を真っすぐ前を見ながら運転していた。風がトモの髪の毛をくしゃくしゃにすると、左手で髪を直しながら、「帰るとまた社長が腰揉んでくれって言うんだろうな」って大きな声で言った。そしてサトルには聞こえないような小さな声で「待ってるね」と呟いた。

ドア

　トイレに閉じ込められてしまった女性がいた。四月のやっと暖かくなった最初の土曜日の午後だった。葉山のギャラリーで知り合いの女性が行なった個展のオープニング・パーティでのことだ。

　中から「開かないのよー」という声とどんどんとドアを叩く音がしている。みんなどうしたんだろうと、トイレに行ってみると、内側でドアをロックしたのはいいが、壊れてしまったらしく、ドアノブをいくら回そうと試みてもびくともしない。ギャラリーのオーナーは外出していて、勝手に鍵を壊すわけにもいかず、どうしようかと悩んでいると、取り敢えず顔でも見ようと言い出した人がいて、ドアの上の方にある十センチ四方の明かり取りのような窓のガラスを外した。中に閉じ込められていたのは、ファッション・メーカーでプレスの仕事をしているちょっと気取った感じの女性だった。

　彼女は個展を行なっている女性の美術大学の仲間で、東京からわざわざやって来てそんな災難にあったわけだが、その不幸は、窓を外された時に始まった。

　最初に笑いだしたのは、彼女といちばん仲の良さそうな女性で、十センチ四方の窓から困った顔でこちらを見ているという姿は、ツンとした彼女の顔とまったくアンバランスでマヌケな感じがした。で、誰もがおかしいのをじっと堪《こら》えていたのだ。何人かが代わる代わる開けようと努力しているのだが、最後は壊せばいいやという楽観的な考えもあり、ワインを飲んでいる勢いもあって、その場は急に彼女を肴にしての大宴会と変わっていった。

　ほとんどの人たちが彼女の学生時代の仲間だったから、みんな彼女の不幸を遠慮なく楽しみ始めた。ワインやポテトチップなどの差し入れをしては、彼女の表情をみんなで見ては笑い、彼女に「大丈夫？」なんて優しく聞きながら、十センチ四方の窓からは絶対に見えないすぐ横に立っては笑いを押し殺しているのだ。中にはひとりずつ記念写真を撮ろうという人もいて彼女が困った顔をすればするほど場は盛り上がった。もっともその頃になると彼女もすっかり慣れて、相手を指名したりしていた。しかし、本気で何とかしようと考えた人がいて、「こういう時は消防署よ、きっと壊すことなくうまく開けてくれるわよ」と言って、消防署に電話をかけてしまった。

やがて消防署の人たちが三人ほどやって来ると、近所の人も何事かとギャラリーを覗き込んだ。消防署の人たちはみんなが笑い転げているのを見て、こんなことで呼ぶなんてと、最初少しむっとしていたが、すぐに職業的なきりっとした顔で、「壊すしかないですね」と慣れた手つきで簡単にドアノブを外した。そのてきぱきとした動作を見た酔った女性の「男らしい」という賛辞の声の中、彼女はようやく外に出ることができた。しかし、宴会気分は続いていて、今度はせっかくだから、消防署の人たちと記念写真を撮ろうということになり、トイレの前で、彼女を真ん中に全員でフィルムに収まった。その時は消防署の人たちもしっかりVサインなんかして笑顔になっていて、「消防署の近くの桜は満開ですよ」と教えてくれた。すると、すっかり友達気分になった女性が、「じゃ、消防車に乗っけてよ」なんてことを言いだした。しかし、「それはできません」と、きっぱりと断られると、今度は、みんなで桜を見に行こうということになり、消防署の車を先導させたような総勢二十人ほどの酔った女性たちのピクニックが始まった。

レシピ

「あなたの料理っていうのはいつも決まっていて、そんなの料理とは言えないわ」

夕方、妻が帰ってきて、待ち構えていたかのように食事の支度を始めると、そんなことを言われた。

用意していた材料は、生きた栄螺《さざえ》と蛤《はまぐり》、モッツァレッラチーズにトマトと生バジル、あとはカツオと大根とレモンとシソの葉。

予定していた料理は、栄螺と蛤はガスコンロで殻のまま焼いて、お酒をほんの少しと醬油で味付けしたもの。じゅうじゅうと殻から吹きこぼれた醬油が焼けて、いい匂いがする。そして熱いところを肝のところからフーフー言いながら食べると、口の中にちょっと苦くて豊潤な海の香りが広がる。それを冷たいビールで流し込むと、初夏の幸せな夕方はこういう感じなんだよなという気分にすっかりと浸れるほどの、慎ましい満足感がある。これは江ノ島の屋台のおでん屋で覚えた。

モッツァレッラチーズはスライスして、同じようにスライスしたトマトの上に乗せ、バジルの葉を半分ほど置いて、コショーをカリカリと振りかけて、オリーブオイルを一、二滴垂らす。それだけだが、淡泊な味わいがやはり夏の夕方にちょうどいい。トマトのひんやりとした喉越しも悪くない。これは冷たい白ワインよりも、キャンティ・クラシコのようなあっさりとした赤がいい。テーブル・ワインだからちょっと冷やしてもいい感じで飲める。これはローマで覚えた。知り合ったイタリアの若い映画監督はかならずと言っていいほどレストランでこれを注文し、それ以外のものはあまり食べなかった。

カツオは皮を焼いた切り身を、一センチほどの厚さに切ってもとの形に整える。大根を一生懸命おろして、そのカツオの切り身全体を塩釜にでもするように、しっかりと包み込む。大根おろしはレモン汁を適宜かけ、シソの葉も小さく刻んで混ぜたものを使う。庭で適当な大きさの葉っぱを見つけて、大きめのお皿に敷き、その上にどーんと盛り付ける。食べる時は大根おろしを崩しながら、カツオと一緒に醤油で味わう。これは五月を前にして晴れ上がった真っ青な空を部屋の窓から覗きながら食べると楽しい。吟醸酒を冷やでいこうかちょっと温めようかなんて考えて、やっぱりまだ少し肌寒いから温めてちびちびと飲みながら、カツオをがぶっと食べる。それがなんだか嬉しい。これは、葉山の住宅街の中でこっそりとやっているような割烹料理屋のおばさんから教わった。

以上が今夜のメニューだ。明日からゴールデンウイークが始まるという日、散歩のついでに近所の魚屋とスーパーに寄って買ってきた。本当はそのままどこかで一杯やりたかったのだけど、昼間、葉山でひとり気楽に入って呑気に飲めるような店を知らない。いくつか頭の中に候補はあったのだけど、腰を据えなければいけないし、知り合いに会ったりするので気が引けた。それで、家でやればいいんだと思って買い揃えたのだ。で、妻に怒られる。

「あなたのはお酒のおつまみばかりで、ちゃんとしたご飯のおかずじゃないじゃない」

でも、いつも気分良く食べられるっていうのは、こんなものでいい。今日はいろいろと欲が出て三つも用意してしまったが、本当はそのうちのひとつで十分。シンプルであればあるほど満足するような気がする。ゆっくりと口に入れてゆっくりと飲む。そんなことが平凡な毎日の精神を支えてくれる。だから、明日からの連休はそんな気持ちの良い食べ物をひとつずつ用意して、友達なんかが海を眺めに東京からやって来るのを待つことにしたいと思う。それでいま頭に浮かんだのが鯵のたたき。新鮮なものを手に入れて、さっと作る。そんなことを栄螺を頬張りながら妻に話すと、

「きまって夜遅くなるとお腹が空いたなんていうじゃない。ラーメンなんか食べたいなんて言って、まったく手がかかるんだから」

と、再び切り返される。だから、もし、友達なんかがやってきたら、とりあえず何が食べたいのか意見を聞いて、あとはいつものように妻に全部任すか、浜辺近くの食堂にとれたての魚を食べに行くことになる。

セゾン

ジュディは車の免許を取るのに必死だった。車の免許を取らなければ自分がこれから一生をかけてやっていこうとしていることがうまくできなくなるかも知れないと思い込んでいたからだ。ジュディというのは渾名《あだな》で、本名は橘ミエコ。勤めていた会社の同僚などとカラオケに行くと、ミエコは必ずジュディ・オングのヒット曲、「魅せられて」を振りも入れて高らかに歌ったから、たまに歌わなかったりすると、まわりからジュディ、ジュディと声がかかった。普段はおとなしく、話す言葉もゆっくりと静かだったので、その落差が面白く、いつの間にか、みんなから彼女への親しみと冗談を込めた愛称としてジュディと呼ばれるようになった。

ジュディは昨年の暮れに会社をやめた。全国規模で店を展開し始めた雑貨店に彼女は八年近く勤めたが、決意するものがあり、もう一度新しく自分の人生を始めたいと思ったのだ。

彼女が勤め始めた頃、その雑貨店は都内にまだオープンしたばかりだった。パリに本店のあるその雑貨店は、いままで知っていたどんな雑貨店よりも素敵だった。ジュディは憧れていた雑貨の仕事の中でも一番嬉しくて楽しいところに入ったような気がした。毎日が店の商品のように希望に満ちていた。カトラリー、ベッドリネン、家具など、店に置いてある商品のすべてが輝いていて、それらに包まれた自分の生活がそこにあるように思えた。静岡から東京に出てきて、いままで一生懸命雑誌などを見て夢見ていた世界が小さな雑貨店の中にすべてあったのだ。

ジュディはいままでの想いを吐き出すように夢中になって働いた。すべての商品を覚え込み、様々にディスプレイし、自信を持って接客し、商品の素晴らしさを伝えようとした。もっとも、店にやってくる客は、自分と同じようなタイプが多かったから、無理に説明しなくとも、笑い顔や、可愛いですね、いいですねといった言葉を交わすだけですべてを理解し合えた。

そのうちにオリジナル商品の企画をしたり、パリの本店やその他の店や見本市などを見て回る出張にも行くようになり、ジュディは少しずつ重要な仕事を任されるようになった。仕事に不満はなかったが、何年か勤めるうちに昔の自分を忘れていった。どんなものが売れるとか、これからの流行とか、より現実的な仕事に携わるうちに、自分の憧れていた世界が、遠い、まったく別の世界だということに嫌でも気づかされてしまうことが多くなってしまった。もちろん、自分の描いていた世界が現実的なものでなく、夢を託したものだということはわかっていた。だから、それをみんなにも伝えて、夢を共有するようなイメージの世界を雑貨という商品で表現したいと思っていたのだ。しかし、それに限界があ

ることを仕事をすればするほど感じた。新しい商品を並べるだけという
ことでは通用しない人たちもいて、自分もそういった中に入ってしまっ
たのだ。それはただ歳を取ったというだけではなく、もっとリアリティ
のあることでしかより多くの夢を語れなくなってしまったのだ。

自分が雑貨に憧れを感じていた頃は、まだ多くの人も単に憧れとして雑貨に接していた。雑貨はほとんどが生活に必要なものだったが、その頃は、実際の生活に必要がなくても良かった。雑貨はヨーロッパの素敵な生活を識《し》るための道具だった。自分が将来どんな生活を望んでいるのかを描くための、実物大のドールハウスのための装飾品だった。だから、雑貨は女の子の夢を語るための玩具でもあったのだ。

しかし、それも一応の経験を積み、実際に憧れの生活をしているような場所に旅してみたり、自分でもそんな生活を試みてみようとしたりする人たちが増えてくると、雑貨への関心は別のところに移っていった。個人の部屋の中だけの夢では終わらなくなり、恋をしたり、結婚したり、

家を建てたり、子供を生んだりすることで、いままでの経験をどう生かしていけるのだろうかということに変わっていった。そうなると雑貨はもう玩具ではなく実際の生活の必需品として、デザインや機能といったことも含め、自分たちの新しい生活を作るためのものとして語られるようになった。

ジュディは雑貨もそんな時代に変わってきたことを感じたから、生活のリアリティのない自分にとって雑貨はもう以前のように胸を張って主張するようなものではなくなってしまった。ジュディは生活の匂いのない世界での雑貨がいまでも好きだった。すべてが純潔で清らかなイメージの中で夢を膨らませるのが楽しかったのだ。

仕事をやめて自分で何ができるのかを知りたかった。いままで夢の世界の中に住んでいたようなものだから、そこから出た時に何があるのかも知りたかった。

しばらく、そんなことを考える日々が続いたが、結局はいまのような、様々な雑貨に囲まれた世界から離れる自信は生まれてはこなかった。でも、ひとつだけ思いついたのは、自分の考えていることを伝えられるものを作れればいいんだということだった。そして、考えついたのが食器で、陶芸を学び、自分で作れるようになれば、いままで持っていた夢や知識や経験をそこに生かすこともできるかもしれないと思った。

葉山の山の中に窯を持っている陶芸家のことを雑誌で知り、ジュディは訪ねてみることにした。逗子の駅から一時間に四本しか通っていないバスに乗り込み、三十分ほど揺られ、降りてからまた三十分ほど山道を歩いてやっとその陶芸家の工房に着いた。鎌倉の由比ヶ浜のアパートからだと二時間近くかかった。

ジュディは六十代半ばの陶芸家に、陶芸教室に通いたいと申し込んだ。陶芸家は、せっかく来たんだからとお茶を出してくれてジュディの話を熱心に聞いてくれた。そして、そんなことならうちで働かないかと言ってくれた。陶芸家はジュディが趣味でやりたいということではなく、本気なんだということをわかってくれたのだ。だから、お金は取らないから、片付けやちょっとした手伝いをしてくれるなら、好きな時に来ればいいいと言ってくれた。それまでジュディは何度か陶芸教室には通ったことがあり、多少の知識はあったが、それは都会の趣味程度の教室で、葉山といっても山の中にある本格的な窯のあるようなところではなかった。しかし、それだけに覚悟を決めるだけの雰囲気もあったし、これから始めようと考えていたことにはぴったりの場所だった。

葉山の山の中に毎日通うのには車が必要だと思った。由比ヶ浜からだと車で三十分ぐらいで行けそうだったし、バスの時間もそう遅い時間まであるとは思えなかった。すぐに自動車教習所に通い、免許を取ったら中古の軽自動車でも買おうと思った。そして、いずれは毎日でも通いたいと思った。

仕事で貯めたお金はそんなにたくさんはなかったから、近所の喫茶店でアルバイトをさせてもらうことにして、週の半分は葉山に通うことにした。

　春になって、山々がみずみずしい色彩で包まれるようになってきた。免許はあと三時間で卒業試験というところまできた。葉山に通い始めた頃はまだ寒くて、工房もすきま風だらけだった。でも、やっと暖かくなってきて、工房の仕事にも馴れ、ひとりで土に触れる時間も自由に作れるようになった。それに、山の中の生活も楽しかった。近所の農家の人たちが昼ご飯を一緒に食べようと誘ってくれたり、採れた野菜を持ってきてくれたりした。夕方には焚火を囲んでお茶を飲んだり、お酒を飲んだりして、工房は集会場のような役目も果たしていた。それに、みんなも何度か陶芸にチャレンジしていて、自分の作った器に漬物などを盛って嬉しそうに自慢したりしていた。

　ジュディはいままでとはまったく違った雑貨の世界にいた。でもそれは、これから始めようとしている雑貨の世界の原点だった。山の中では陶芸以外にも、木々、草花、野菜、それに虫や小さな動物など様々なものを見ることができたし、知らなければみんな親切に何でも教えてくれた。昨年まで埋もれていた雑貨の世界と葉山の生活を楽しむことは、素朴さということでは似ていた。ジュディの好きだった雑貨の世界は、趣味の違いはあっても、ヨーロッパの田舎の生活に憧れた、もともとはシンプルな生活の中から生まれてきた生活用品が主になって構成されたものだ。場所や歴史や民族が違うだけの話で基本的には同じだった。ジュディは陶芸を通してそんなことも伝えたかった。そして、自分のいままでの知識をもっと生かすにはそれを自分で試みることだった。自分たちが生活の中で欲しいものは自分で作るということをやってみたかったのだ。いままでに世界中の様々な生活雑貨の知識は十分に得てきたから、それを自分たちの生活に合うような形に作り変えることができれば、もっと自然で自由な自分たちなりの新しい生活スタイルを描きだせるかもしれないと思った。それをジュディは陶芸に求めた。他の技術や素材でも良かったが、ジュディは陶器の質感が好きだったし、自分がイメージしている世界を試みるには一番表現しやすかった。

冬から春、そしてこれから夏が来て、秋が来る。ジュディは季節を通していままで学ぶことのなかった四季のある生活の中でいろいろなものを見つけ、それを糧にした新しい生活雑貨の世界をこれからの自分の生活と共にじっくりと作り上げたいと思っていた。

シャンソン

「あなたデザインできるのよね」

アトリエに大家の奥さんが写真を持ってやって来た。

「これをどうするんですか？」

「絵を描いていらっしゃるんでしょ。だからできるかなと思って。リサイタルのパンフレットを作っていただきたいのよ」

「リサイタルって奥さんの？　凄いじゃないですか」

アトリエの大家さんは昔からの地主さんで、葉山のあっちこっちに家や店舗をたくさん持っていた。奥さんは東京から嫁いできた人で、音大で声楽を学んでいたという噂通り、ときどき、隣の母屋の二階からピアノの音や発声練習をしているのが聞こえた。すでに東京の会社に通っている息子が大学に入学した頃、手がかからなくなったこともあり再び練習を始めたのだそうだ。

「タイトルをどうしようかと迷っているんですが、何かいいアイデアありません？」

「何を歌われるんですか？」

「シャンソンなんですけど、最近はちょっとカンツォーネにも凝っていて、そんなのも少し歌おうと思ってるのよ」

五月の末に、昔テレビにもよく出ていたピアニストの経営する近所のレストランで、奥さんは初めてのディナーショーをすることになったのだ。

「五月の風を歌う、なんていうのはどうですか、石渡さえこディナーショーより、石渡さえこ五月の風を歌うっていう方が格好いいですよ」

「じゃあそうしましょ。写真はこれでいいでしょ」

「この写真、ちゃんと写真館で撮ったんですか」

奥さんはブルーのサテンのゴージャスなドレスを着て爽やかな笑顔を振り撒いていた。ちょっとソフトフォーカスがきき過ぎかなと思ったが、パンフレットに使うには申し分ないものだった。

翌日、「これをそのまま印刷屋さんに渡せばいいと思います」とデザインしたものを渡すと、その次の日にまたやってきて、

「主人が近くでやるんだから、写真だけはやめてくれって言うのよ、恥ずかしいって言うんですよ」

そして再び写真を抜いたものに変えると、

「ご招待しますから、是非奥さんといらしてね」

と言われた。

それから一週間後、昼過ぎにアトリエに行くと、アシスタントを頼んでいる女性が先に来ていて、

「奥さん凄いですよ、さっき、新しいお洋服できたから見せてあげまし

ようかっていうから、ハイっていったら、全部スパンコールのドレスでとっても綺麗なの。気合い入ってるんですね。きっと高いですよ」

と感心していた。

「雪が降るとか、薔薇を薔薇を薔薇をくださいとか、オー・シャンゼリゼとか好き？」

「私は興味ないですから」

「俺ね、奥さんが招待してくれるっていうから、あっ、その日は都合悪いんですよって反射的に言っちゃったんだよ。でも誰か行かないとまずいだろ、だからさ、君うちの奥さんと一緒に行ってくれない？」

「駄目ですよ行かなくちゃ、私は関係ないんですから」

「それって嫌がってる？」

「そんなことないですけど」

「たしか、前にケーキかなんかもらってたよな」

「それは、一緒に食べたじゃないですか」

「そんなこと言うなよ。ディナー付きだぜ、フランス料理食べながらオー・シャンゼリゼ聴くのも悪くないと思うよ」

「じゃ、自分が行けばいいじゃないですか」

何とかパンフレットもでき上がり、リサイタルの前日、アトリエに行くと招待券が届いていた。

「さっき奥さんが来て置いていったの。明日は来られるのかしらって言ってましたよ」

「エーッ、この前、パンフレットができたって見せに来た時も、申し訳ないけれどもその日は用事があって行けないんですよって言ったんだよ」

「聞いてないんですよ。何にも」

「だって、一万円もするんだよ、二枚で二万円。どうするんだよ、行かないわけにいかないよな」

「だから行けばいいんですよ。オー・シャンゼリゼ聴きに」

「勝手なこと言いやがって」

当日、仕方なく、薔薇の花束を買い、「どんな人が来ているのか面白そうじゃない」と興味津々の妻と会場となるレストランに行った。中に入ると、席はほとんど埋まっていて、着飾っているからよくわからなかったが、目が慣れてくると、肉屋のおばさんとか果物屋のおじさんとか、結構顔見知りの人たちが来ていた。そして、あまり見かけたことはないが、着ているものから察して、きっと近所で裕福な生活を営んでいるんだろうと思われる人たちの姿もあった。大家さんが挨拶にきてくれて、「いやー、わざわざどうもすみません。恥ずかしいからやめてくれっていったんですが、まー、こればっかりはしょうがないんですよ」

と口で言っているわりにはニコニコして他の席に移っていった。やがて食事が出て、食べ終わると、いよいよ奥さんの歌が始まった。曲名は知らないが、聴いたことのある歌が続く。思っていたよりずっと立派な歌声だった。スパンコールのドレスは虹のように輝き、花束で埋もれたピアノを背にどんどん歌う。そして、歌うごとに拍手が増えていく。きっと、最初はみんなこっちと同じ気分だったのかもしれない。いかにもお付き合いで来ましたという感じの人も何人かいたからだ。でも歌声はそんな気持ちを払拭した。結構本格的だとみんな興味深く聴き入った。しかし、最後のオー・シャンゼリゼだけは困った。奥さんは気を良くして、みんなにマイクを向け始めたのだ。「さあみなさんご一緒に」と歌いながら席を巡る。ここだけは思っていたとおりの展開になり、こっちに来たらどうしようと思った。やっぱりこれだけは照れくさくて歌えない。しかし、マイクを向けられた人は楽しそうに歌っている。あんなに素直にオー・シャンゼリゼを歌えるほどまだこちらは人間ができていないのだ。そんな時、ついさっきから兆しのあったお腹が急に痛くなってきて、トイレに猛烈に行きたくなってきた。しかし、細長い店内の奥にあるトイレに行くには、奥さんの歌っている目の前を通り過ぎなければならない。しかし、いま立ち上がれば確実に、興に乗り奥さんとデュエットしたくなったのだと思われてしまう。そう考えれば考えるほど我慢できなくなり、あぶら汗が身体全体を包む。もう少し我慢すれば終わる。そう思いつつ耐えていると、すぐにアンコールの拍手となり、ピアノ伴奏の人が気をまわして間奏の部分を弾き始め、再びオー・シャンゼリゼが始まってしまった。そして、とうとう我慢できずに立ち上がると、まさにタイミングぴったりに、奥さんが両手を上げ高揚した顔つきで歌い上げている瞬間のその中に飛び込んでしまったのだ。「マアッ」と嬉しそうに驚いた顔をした奥さんに肩を抱えられマイクを口元に差し出され、耳元で、「街を歩く　心軽く……」と歌われ、こっちもしょうがなく笑顔を作り歌うはめになってしまった。お腹に力が入らないものだから、無理に頭を振って首から上だけで歌うと、高音になり、ファルセットで奥さんの物真似をしているようになってしまった。ワンコーラスやけくそになってなんとか歌うとやんやの喝采で、その拍手の中、やっとトイレに駆け込むことができた。

「せっかくの気持ちを馬鹿にしてるからこんなことになるのよ」

みんなが帰り支度をし始めた頃、妻がいい気味といった顔をしながら言った。確かにそれは天罰のような気がしたが、もうこんな付き合いは二度とごめんだとも思っていた。しかし、出口で帰るお客さんにお礼の挨拶をしている奥さんに、簡単な感想とご招待のお礼を言うと、

「今日はあなたのお陰でほんとに楽しかったわ、また秋にもするつもりなので、またよろしくね」

と言われてしまった。今度こそ大きな声で、その日は用事があるんですと何度も繰り返し言っておこうと強く心に誓った。

フォトグラフ

写真家が近くに引っ越してきて、毎日近所の写真を撮った。借りたのは、裏山があり、海を一望できる大きな庭のある別荘のような家だったから、いろいろな人が遊びにきて自由に寝泊りしては、海辺で遊び、葉山の自然を満喫した。写真家は家にやって来た人たちの写真も撮った。そのうちに、ヌード写真を撮って欲しいという若い女性が現われた。写真家は、青い草花の匂いのたちこめる、五月のぽかぽかと心地の良い日に、誰からも覗かれる心配のない裏山や庭の自然の中で、裸で駆け回ったり、うずくまったりしている姿をフィルムに収めた。猫と一緒というのもあった。

そして、でき上がった写真を眺めていると、もっといろいろな人を撮ってみたいと思ったので、近所の知り合いなどに声をかけておくと、撮って欲しい、撮ってもいいという女性が何人か現われた。今度は家の中や海辺でも撮った。ボーイフレンドと一緒、ボーイフレンドだけというのもあった。みんな葉山やその近所に住んでいる人たちだった。いままで撮った写真を並べてみると、葉山という狭い小さな町のいろいろな青春の記録みたいな気がした。それに、葉山の海や山や植物や猫などの写真を加えてみるともっともっと遠い懐かしいような記憶の世界がそこに現われたような気がした。どこか別の知らない町の知らない人たちの青春の記録と風景だった。写真家にとっては日常的な風景だったはずが、写真は別の世界を語り出していた。笑ったり、照れたり、ポーズをきめたり、飛び上がったりしていた裸の人たちは、知り合いだったが、かつて自分の目の前にいた人たちとは違っていた。写真に写ることによって少女や少年をそこに置いてきたように思えた。山や庭の自然も同じように彼女や彼らと一緒の時間の中にあった。誰にでも、思い出せば切ないと感じる風景が記憶の中にある。そんな風景が頭の中を巡る。

写真家はそれらの写真を小さな一冊の本にして出版することにした。何でもないはずの日常が、太陽の光や空気、そして透明な時間を感じさせる過去の日常に変わったことを確信したからだ。

しかし、その本のための写真をすべて撮り終えたと思った時、水平線が大きく広がって見えた庭の前に、かねてから計画のあったマンションの建設が始まり、永久に、自分の庭からは、毎日刻々と変化する美しい海の風景を眺めることができなくなってしまった。

レイ

ナオは高校生の頃、小さなログハウスのようなケーキ店が気に入っていた。由比ヶ浜通りから海の方へ細い路地をほんの少し入ったところにあった店は、脇に背の高い大きな椰子の木が二本植わっていて、エキゾチックな雰囲気を感じさせた。

その店は、ナオが独立して鎌倉で花屋をやってみたいと思った時には、すでに閉められたままになっていたので、さっそく店を借りることができるのかどうか聞いてみた。

隣が大家の家で、母親と結婚した娘の一家が住んでいた。娘はハワイアンダンスの先生をしているとのことだった。店は夏に家を増築するので取り壊しが決まっていた。ナオは少し考えて、壊す前の三ヵ月間だけでも借りることはできないだろうかと交渉してみた。クーラーはもちろんトイレもなかったから、どっちみち長い間は無理だと思った。それでもナオは、憧れていた店だったし、鎌倉で花の仕事をするための準備のような気持ちもあって借りてみたかったのだ。

ナオは花屋といっても主な仕事はフラワーアレンジメントで、スナックやレストランの活け込みや結婚式の花のデザインなどが多かったので仕事場があれば店は必要なかった。しかし、まだ独立したばかりで仕事も少なく、これから鎌倉でどういう風にやっていけばよいのか考えたかったから、実験的に店を開いてみたい気持ちが強かった。

そんな話をすると、大家は快く店を借してくれた。家賃も安く、ナオは楽な気分で花屋を始めることができた。

ナオは店を綺麗に掃除して、草花で店内をいっぱいにすると、ハワイの住宅街にぽつんとあってもおかしくないようなイメージどおりの可愛い花屋になった。しかし、花はまるで売れなかった。自分の好きな花ばかり置いたら、可憐過ぎて、どう見ても普通の花屋のようには見えなかったので、通りがかった人は花を売っているのかどうかもわからなかった。それに、そんな洒落た花を家に飾りたいという人はちょっとセンスの良さそうな若い女性ぐらいなもので、他の人は説明されてもそれを飾るところを思いつかなかった。花は売れ残ってしまうとどうしようもなかった。できるだけ日持ちのするようなものを仕入れても三日も四日も同じものを売ることはできなかった。

ナオは二週間もすると、たったの三ヵ月だってやっていけるのかどうか不安になった。もう少し売れると思ったし、お客さんも来てくれると思った。それに他の仕事がある時は店を休まなければならなかったし、人を雇うこともこれではちょっと無理だった。ただ、店に来たお客さんと話したり、自分のことを知ってもらったりするのは楽しかったので、最初から花屋というテーマで実際に店として営業しながら展覧会をやっているのだと思えば、多少のリスクがあっても、いつも笑顔でいることができた。

ある日、大家の娘から、「ねえ、レイ作れる？」と聞かれた。ナオはそれまでフラワーアレンジメントの先生の下で何年も仕事を手伝ってきたから、だいたいのことはできたが、レイとなると特別な知識も経験もなかった。自信がないと正直に伝えると、写真を見せてくれて、「それに近いものだったら作れるでしょ」と言ってくれた。ハイビスカスやランなどを組み合わせたもので、何とかできそうな気がしたので、「試しに作ってみます」と答え、自分なりに工夫して作ってみることにした。するとき意外なほど簡単に仕上がった。でき上がったレイを見せると、すぐに気に入ってくれて、同じものを十本注文してくれた。ハワイアンダンスの発表会があり、その日の朝に欲しいとのことだった。ナオは発表会の前夜、朝方近くまでレイを作った。店に売れ残った花も使い、頼まれたもの以外にもいろいろと作ってみた。首にかけるものから、手首にするようなものまで、作り出してみると面白くていろんな風にアレンジしてみた。様々に作ったものを会場に持っていくと、おばさんから子供まで、参加者がつぎつぎに手に取って、自慢の衣装に合わせたりした。子供につけてみると可愛かったから、頭や首や手や足など、全身を花でコーディネイトしてみせるとまわりから喝采を浴びた。踊りに合わせた正式なレイのスタイルがあるのかどうかはわからなかったが、みんなそれで満足してくれて、小さなホールの舞台でナオの作ったレイはゆったりとしたハワイアンのリズムの中で次々に美しく跳ねた。

次の日、大家の娘が来て、

「家を改築する時にお店も同時に作りたいと思ってるの。前は知り合いの人がケーキ屋をしてたんだけど、今度はわたしが、ハワイのアロハの生地やお土産物なんかを売るような店を始めたいと思ってるんだけど、その時、あなたもここで花屋をやらない？」

と聞かれた。

「でも、あんまり売れないんですよ」

　ナオが乗り気のなさそうな顔をして答えると、

「じゃあ、レイだけでも置かない。注文されたら作るんでもいいんだけど、あの手首に巻くレイって可愛いじゃない。あれすごく流行ると思うの。ここの道は夏になると海に行く人たちがぞろぞろ歩くようになるから、あのレイを、うーん、そうアロハ・レイって名付けて売るのよ。朝来て、ここで手にレイをつけて一日海で遊ぶのよ、女の子なんかみんなつけてたら可愛いと思わない」

　と得意げな顔をして言った。

「アロハ・レイ、いいネーミングですね。街や浜辺をみんなが手にレイをして歩いていたりしたら、いいですよ、楽しそうですよね」

「ね、そう思うでしょ、サーファーの知り合いはたくさんいるから、最初はみんなに配って宣伝してもらうのよ、きっと評判になるわ」

「でも、夏にこのお店は壊してしまうんですよね」

「そうよ、だから、隣の空き地に移すのよ」

「移すって？」

「私も、店を始めるのよ。改築すれば新しいお店もできるんだけど、それまでには時間がかかるから、少しずつ始めようと思ったのよ。でも、いまひとつピンとくるものがなかったんだけど、あなたのレイを見て気がついたのよ。商品だけ置いてもなんだか店内が乾燥してるみたいで嫌だったのよ。お茶でも飲めるようにしたかったんだけどそんなスペースもないし、だから、レイ。ハワイからいろいろなものを仕入れる予定だから、それと一緒にあったら素敵じゃない。もちろん他のお花も置いていいのよ」

「あの、それはいいんですけど、店を隣に移せるんですか？」

「ええ、夏だけ、隣を借りて。ログハウスは土台の上に乗っているだけだから、運べばいいのよ。ちょっと横にずらすだけ」

「そんな簡単にできるんですか？」

「あら、駄目かしら。聞いてみるわ」

結局、ログハウスは動かすにしてもお金がかかり過ぎて、たったひと夏だけの営業では元が取れないことがわかり、その話は無くなったが、彼女の知り合いのサーフショップの一部を借りて、来年に向け少しずつ始めてみようという話になった。

五月の半ば、ナオは金曜日の夜になると、花のブレスレットのようなアロハ・レイを三十ほど作った。自分の店ではほとんど売れなかったが、紹介されたサーフショップでは半分ぐらい売れた。店の常連客が買ってくれたのだ。そして残ったものはみんなに配った。評判は好かったし、流行りそうな気配もあったが、実際は三百円で売ってもまったく儲けにはならなかったし、手間もかかりすぎた。でも、若いサーファーの男の子や女の子が手につけている姿はとってもいい雰囲気で、夏、鎌倉中がこんな感じになったら楽しいし、可愛いし、平和そうに思えた。

ナオは花屋もまだいろいろな可能性があるんだと考えさせられた。部屋の中を飾ったり、自分の作品ということ以外にも、何かできることがたくさんあるのかもしれないと思った。あと一ヵ月ちょっとで店を閉めなければいけないが、それまでにもう少し他にも何か見つかったらいいなと内心期待しながら、手につけていたアロハ・レイを見つめた。

シスター

タエちゃんとトモちゃんの姉妹は、夏にたった二ヵ月だけベトナム料理の店を開店させました。本当はもっと長く続けるつもりでしたが、オーナーの都合でたった二ヵ月で閉店になってしまいました。

タエちゃんはそれまでに二度ベトナムに旅行していて、自由気ままにベトナムの風や文化を体の中にしまいこんで、それをもとに、絵を描いたり、料理を作ったりしていて、いずれベトナム風のお店を自分でやってみたいと本気で考えていました。だから、旅から帰ってくると、原宿にできたばかりのベトナム料理とカフェのある店ですぐ働くことにしました。料理や材料の仕入れや経営などを学ぶためです。

妹のトモちゃんは、お菓子作りの職人になりたくて、料理の専門学校に通っていました。

ふたりは、海に近い小さな一軒家を借りて住んでいて、いつもどちらかが、お菓子や料理を作っているような生活をしていました。うまくいってもいかなくても、にこにこ笑いながら楽しそうに作っているのが嬉しくて、ふたりの家にはいろんな人が訪ねて来るようになりました。近所の人はもちろん、ベトナムで知り合った人、行きつけのカフェの常連客、それに女性雑誌の編集者などです。

彼女たちのベトナム料理店は、もともと食事やお酒も飲めて、DJブースも作って、みんなで楽しめるような店にしようと試行錯誤しながら二年ほど続けていたのをそのまま引き継いだものでした。いままでお店を任せていた人がやめてしまい、オーナーがこれからどうしようかと悩んでいた時に、彼女たちと知り合い、話が進んでいったのです。もっとも、その時オーナーは、赤字のお店をこのまま続けていてもしょうがないので、内心お店を誰かに空け渡すつもりでいました。でも、いままでの経験から夏だけは人が入るし、売り上げも少しは黒字になるので、やれるところまでやってみようという心積もりでした。それに、彼女たちは、お店を任せても永く続けてくれるとは考えられないほどまだ若かったのです。

六月の終わり、久しぶりに青い空が広がった日にふたりは店の掃除を始め、看板を塗り替え、ベトナムで集めた食器や食材を整理し、どんなメニューにするか考え、一生懸命、いままで頭の中で思い描いていた自分たちの店のイメージに近づけようとしました。料理もお菓子もまだまだ未熟でしたが、熱意だけはあったので、リニューアル・オープンの日が近づくと、竹のランプやカゴや布などで飾り付けた店は、風通しの良い海辺のベトナム料理店という雰囲気に変えることができました。

メニューも生春巻、揚げ春巻、コムチェン、ビーフンといったものから、チベッタンモモ、トルコ風春巻など工夫に工夫を重ねたものもあり、試食会も兼ねたオープンの日にはまずまずの評判を得ることができました。

夕方、夏の陽射しが傾いて、開け放した扉から机にうつむいて作業をしているタエちゃんの背中を照らしています。ベトナムで作ったアオザイを着て、開店の準備をしています。水に濡らした布巾にベトナムから送ってもらったライスペーパーを一枚一枚丁寧に挟んで柔らかく食べやすいように戻す作業です。薄いライスペーパーはほんの三秒ぐらいでしんなりとしてきて、それ以上ふやかすと溶けてしまいます。ちょっと気の抜けない仕事で、今日一日の売れそうな枚数だけ戻すことにしていました。知り合いの花屋さんにバナナの葉を手に入れてもらい、それをお皿やカゴに敷いて、料理を盛り付けます。

開店からしばらくはみんなが入れ代わり来てくれたのでふたりのお店は順調でした。オーナーは以前と比べ、料理だけでお酒が出ないから売り上げは伸びないとちょっと不満そうでしたが、ふたりが生き生きと働いている姿を見ると、こんなお店も悪くないなと思ったりもしました。

生春巻は毎日売り切れて、早い時間に行くか予約をしておかないとなくなってしまうほどの人気で、タエちゃんはちょっと自信を持つことができました。トモちゃんはウエイトレスも兼ねた、お菓子や飲み物の担当で、毎日、トルコやインド風などという不思議なパンを焼きます。また お菓子もライスプリンや紅茶のブラマンジェ、ミントのシャーベットなどを作りました。もっともトモちゃんはお酒が苦手で、ビールやワイン以外のものを注文されてもまったくわからなくて、お客さんに照れ笑いしながら聞くことがしょっちゅうでした。

なんとか元気にふたりの店は始まったのですが、夢中だった期間も終わり、体も慣れてきた頃、二週間目を過ぎるとお客さんがあまり来なくなりました。それまでは知り合いや、いままでのお店の常連客が様子を見たり、売り上げに協力しようと来てくれていたのです。だから、一段落してしまうと、平日は本当に暇で、評判が良かったはずの生春巻も十本作っても残ってしまうほどでした。お客さんが来ないので、タエちゃんのお菓子もたくさん残ってしまいます。だから、お客さんにサービスで出したり、知り合いに持って帰ってもらったりもしました。

　オーナーも少し困って、みんなでどうしたらもっとお客さんが来てくれるようになるだろうと考えました。新聞にチラシを入れようとか、駅前でチラシを配るとか、雑誌に掲載してもらって宣伝しようとか、ベトナム料理教室もやってみようとか考えました。オーナーは新聞にチラシを入れても、二、三日はお客さんが来るのだけれど、それ以上の効果はあまりないんです、といままでの経験を話しました。それにもうお金もあまりかけたくなかったのです。とにかく、夏だけ続いて欲しいと思っていました。オーナーにとっても、思い入れのあるお店でした。だから、最後に、短い間でもふたりの夢を叶えてあげたいとも思っていたのです。

　メニューを材料の無駄が出ないように少し変えたり、昼間も開けて、ランチ・タイムやコーヒーなどが飲めるようにしたりと努力しましたが、それもあまりうまくいきそうにありませんでした。ポカンとした昼下がり、お客としてはのんびりと静かに東南アジアのカフェにでもいるかのように過ごせるのですが、苦労して開けるだけの収入には結び付きそうにもありませんでした。そうして肉体的にも精神的にも疲れがたまってきて、ふたりがもう嫌になりかけた頃、オーナーの知り合いや、ふたりの知り合いが毎晩レコードを持ってきてはＤＪブースに入って好きな音楽を勝手に回しては楽しむようになりました。ふたりはどうせお客さんが少ないのだから、もううるさくてもなんでもいいやという気持ちでした。それに音楽は大好きだったので、それぞれが知恵を絞った個性のある音楽がお店に流れているのを聴くのは新しい刺激にもなりました。お客さんもＤＪをやりたい人が一緒に連れて来てくれたりするので、売り上げは少なくても、お店は毎晩にぎやかでした。そんなことが続くと、少しずつ口コミで噂が広がり、土曜日の夜などは、東京からわざわざレコードを抱えて来る人まででてきて、海のそばにあるエスニックなＤＪ

バーのような感じになり、お酒はたくさん出るようになったのですが、料理を食べにだけ来てくれる人にとっては落ち着きのないお店になってしまいました。

ふたりは、ちょっとしたジレンマに悩みました。せっかくの料理やお菓子があまり相手にされず、音楽だけを楽しむような場所になっていってしまいそうな気がしたからです。でも、そんな心配も、お客さんが増えてくれれば何もいりませんでした。何度かお店に足を運んでくれたお客さんは、料理もお菓子もちゃんと注文してくれるし、料理だけを食べにきてくれる人も多くなってきたのです。

七月が終わって、八月のなかばまで、ふたりは休む暇もなく働きました。ときどき、お店を開ける前に、ちょっと浜辺でごろりと横になったり、顔見知りの海の家でゴムボートを借りたりもしましたが、ふたりの夏はお店と共にあっという間に過ぎていきました。

砂浜は、お盆が過ぎると急速に静かになっていきます。同じように、お店も少しずつ静かになって、お客さんも近所の常連の人たちだけになってしまいました。

タエちゃんは夕方の仕込みをしている時間が好きでした。いつも誰かを待っているような優しい気持ちになれるからです。今日はどんな料理を作ってみようかなとか、どんな人が来るんだろうとか、野菜を洗ったり刻んだりしながら考えます。それはちょっとお母さんになったような気分です。そして、お客さんの、美味しいという返事が、いつもそんなお母さんの気持ちを満足させてくれます。

八月の終わり、オーナーがふたりに、残念ですが、九月の最初の日曜日まででお店はおしまいですと告げました。前からお店を譲ってほしいと言われていた人に、夏のピークが過ぎたことでやっと手渡すことを決めたのです。最初から予定していたみたいでごめんなさいと、オーナーは申し訳なさそうに、ふたりに謝りました。でも、それはふたりとも薄々感じていたことで、お店がちゃんと儲かるようになるのには、どんなに努力しても、とても時間のかかることだということが仕事をしていて良くわかりました。それよりも、若い自分たちにお店を任せてくれたオーナーに感謝していました。オーナーもお店を手放すことで、精神的にも楽になり、再び自分本来の仕事に専念することができると言っていました。

夏が終わって、オーナーもタエちゃんもトモちゃんもひとつの夢を失いましたが、みんな疲れてへとへとになったわけではありません。みんないい経験をしたのです。なぜなら、次の夏はきっと、あの店がなくなってしまったのは淋しいねと思ってくれる人がたくさんいるからです。お店はみんなの記憶の中に広がって、いつまでも素敵だったと、お茶を飲んだりした時の会話の中に出てくるに違いありません。

海辺の小さな町の夏には、そんなことが毎年ひとつぐらいはあるような気がします。

エッフェル

「エッフェル塔って昇ったことあるの?」

「あるわよ」

「じゃ凱旋門は?」

「あそこって昇れるんだっけ、バトー・ムーシュなら乗ったことあるわよ」

「あれは結構馬鹿にできないんだよ」

「そうそう、ちょっと楽しいのよね」

キリコは大きなアンティークのパイン材のテーブルの上に針金や色とりどりの手芸用のフェルトを並べ、小さなペンチを器用に使いながら、針金でエッフェル塔を作っていた。葉山のギャラリーで、キリコは店番とギャラリーのアシスタントを兼ねたような仕事を始めたばかりだった。

ギャラリーといっても立派な絵画や彫刻を展示して販売するようなところではなく、誰もが親しめるような作品を置いたり、展覧会ができるようなところで、洒落た感じのお土産物屋も兼ねた気軽な雰囲気をオーナーは作ろうとしていた。でも、売るものなんて何もなくて、せいぜいTシャツがあるぐらいなものだった。だから作家でもあったオーナーはブリキや木を切って色を塗り、可愛いオブジェのようなものをせっせと作ってはギャラリーに並べていた。

キリコは美術大学を卒業したが、理論だけを勉強するような学部で、実際に絵を描いたりしたことはなかったから、自分が作家になろうという意識はまったくなかった。でも、こちょこちょと可愛いものを作るのは好きで、以前から手紙を出す時などは、必ずチョコレートの包みや外国の雑誌などの切れ端をコラージュしたり、余った生地やボタンなどを貼り込んでオブジェのようにしたものを同封していた。そんな中でも友人たちに人気のあったのが、高さが十五センチほどの針金で作ったエッフェル塔で、中位の太さの針金で四本の脚と中心部を作り、そのまわりを細い針金でぐるぐると巻き、てっぺんに、同じ細い針金でくるくる巻いて作ったハートを付けたものだった。

店を開けても本当にヒマだったから、キリコはそのエッフェル塔を作った。本当に売るものがあまりなかったから、キリコも自分のエッフェル塔を並べた。

「いくらにする?」

「いくらぐらいかな?」

「俺のブリキが五百円だから、その手間を考えたら二千円ぐらいでいいんじゃないか」

「エーッ高い。千円でいいよ」

「じゃそうするか」

そんな感じで並べると、すぐに売れた。ギャラリーでは二週間毎に展覧会をするようになっていて、作家を含め展覧会を見に来てくれた人たちにも人気があった。でも一日に一個か二個ぐらいしか作れなかったから、売れても次々に作るということができなかった。そのうちにギャラリーは雑誌とかに紹介されるようになり、展覧会の案内以外にもお土産物として売っている商品なども同時に掲載された。すると、全国各地から問い合わせの電話がかかってくるようになった。とくに、オリーブやアンアンなどに紹介されると、必ず子供っぽい声で「キリコさんのエッフェル塔ください」と電話が何本もかかってきた。最初はキリコもちょっと嬉しくて「いまないんですけど、できたら送りますからもう少し待っててください」と丁寧に返事をしていた。だが、一番困ったのは、雑貨屋さんが来て、五十個できませんかとか、他の作品もできませんかとか言われてしまうことだった。当然、千円のものをいくらで卸してもらえますかということも聞かれるわけで、採算どころか、お金ではまったく見合わない仕事になってしまうのだ。オーナーのブリキのオブジェも同じようなもので、まとめて買われたりして、ちょっと困っていた。特別用途のあるようなものではなかったから、気持ち良く作ったものを気持ち良く、わかってもらえる人にだけ、ギャラリーで直接買って欲しかった。そしてそうすることが、ものを作ることの意味や素晴らしさを伝えたいという、ギャラリーのひとつの目的でもあった。けれど、それを商売に使われると思うといやーな感じがして、オーナーもキリコも作るのをやめてしまった。

それでもキリコのエッフェル塔は人気があって、相変わらず電話がかかってきた。キリコはどうしてもと言われると断れなかったので、そういった人だけに作った。遠くからわざわざ買いに来てくれたりすると、やっぱり作った。でも、ある日キリコはぷっつりと作るのをやめてしまった。どんなに頼まれても、「もう作るのやめたんです」と断った。キリコのエッフェル塔は簡単に作れたが、いくら作り方を教えても、その雰囲気だけは真似ができなかった。オーナーはそれを「字を書くのと同じで人それぞれ違うんだよ」と説明した。

キリコがエッフェル塔を作るのをやめてしまったのは簡単な理由だった。単に飽きてしまったのだ。同じものを毎日毎日作るのが嫌になってしまったのだ。だから、粘ってどうしても欲しいという人には、「エッフェル塔はもう作らないけどイヌとかクマなら作ってあげる」と針金で作った可愛いイヌの人形を自分のバッグの中から取り出した。でも、それでキリコはもっと困ったことになった。エッフェル塔以上に人気が出てしまって、ギャラリーにやってくる人はみんながみんな欲しいといい、雑誌などでも紹介されてしまうと、「キリコさんのイヌください」とか「クマください」という電話がエッフェル塔の時よりもっと多くかかってくるようになってしまった。それは値段を五百円ぐらい値上げしても変わらなかった。それで、またキリコは作るのをやめてしまった。

「だから、展覧会をやればいいんだよ」

「エーッ、私にはそんなのできないわ」

「あれだけ人気があるってことは、それだけ魅力があるってことだよ」

「でも、あんなものしか作れないのよ」

「いいんだよ、やってみようと思えば、もっといろんなものを作り出せるはずだよ。ひとつひとつが可愛いってことなんかより、ギャラリーの空間を全部使って何ができるんだろうってことを考えるのさ」

キリコはいままで思ってもいなかった個展を夏のはじめにやってみることにした。いままで、こちょこちょと机の上で作っていたものばかりで、それよりも、もっとひろがった空間で何かを作ってみようなんて考えたことがなかったけれど、あれもやってみよう、これもやってみようと想いを巡らしてみると、結構いろいろなことができそうだった。

ガーゼを染めてテントみたいなのを作ってみようとか、へんてこな服も楽しいかもしれないし、ブリキや針金、フェルトも使えるなとか、自分の好きな素材でいろいろ考えてみた。それに、作り出してみると頭の中には次々とアイデアが浮かんできた。でも、テーマみたいなものを考えないとバラバラでまとまりがなくなってしまうので、それをどうしようとまた考えた。結局難しいことを考えてもしょうがないので、ギャラリーの空間を自分の部屋のように構成して、そこに自分が好きに作ったものを並べてみることにした。タイトルは「私の小さな部屋の眺め」。これをフランス語に訳してみたらちょっとカッコいいかもしれないなんて思った。

展覧会が始まると、みんな花やお菓子やお酒を持って、車で来たり、逗子の駅からバスに乗ったりして、東京からだと一日がかりだから、みんなほとんどがピクニック気分でニコニコしながらやって来た。すぐに帰るというつもりはみんなないから、結局、早く来た人も遅く来た人も一緒になって、お茶とお菓子でわいわい話しているうちにお酒になり、そのうちに歌もうたって、海辺にも行ったりして、毎日がパーティのようだった。

作品は値段も安くて可愛いものばかりだったから、大きいものは別として、ほとんどが売れてしまって、買いそびれた人は、同じのをもうひとつ作れとか、ここをこうアレンジして作ってくれとか、勝手なことを言いながらキリコに作品を注文して帰っていった。

あっという間に二週間が終わり、そろそろ暑くなるなーとギャラリーの表に出て青空を見上げながらボーッとしていると、

「もうキリコさんの展覧会終わっちゃったんですか」

いつもギャラリーの前の道を抜けて中学校に通っているカナちゃんが声をかけた。

「うん、おとといで終わったの」

「キリコさんの可愛いですね」

「ありがとう」

カナちゃんはときどき学校の帰り、ガラス越しにギャラリーの作品を見ていたが、つい最近まで中に入って来ることはなかった。ある日、じ

っと外に立ち止まって見ているから、キリコが「なかでゆっくり見たら」と声をかけると、「いいんですか」と遠慮がちに入って来て、「いつも面白そうですね」と展覧会の作品などを興味深そうに見回した。それからときどき、クラブ活動のない日の夕方などに顔を出すようになり、キリコとお茶を飲んだり、お菓子を食べたりして一時間ほど遊んで帰るようになった。

「キリコさんいろんなの作ったんですね」

「そう、大変だったの」

「わたしもあんなの作りたいんですけど」

「どんなの？」

「針金でいろんなの作ってたでしょ」

「うん、カナちゃんも作ってみる？」

「エーッ、作れませんよ」

「簡単よ」

キリコはカナちゃんに針金と小さなペンチを渡し、エッフェル塔の作り方を教えた。いままで何人かに教えたことがあったから要領は心得ていた。でも、カナちゃんはいままでの誰よりも不器用で、最初の太い針金で四本の脚を作るのだけでも一時間ぐらいかかってしまった。もう夕ご飯の時間だったし、ギャラリーも閉める時間だった。

「これ、もらっていってもいいですか?」

カナちゃんはやっとでき上がりかけた脚の部分を手にして、これから巻き付ける予定だった細い針金を指差した。

「いいよ、ほら、こうして巻いていくの」

キリコは巻き方を説明しながら、針金を適当な長さに切ってカナちゃんに渡した。

翌日、カナちゃんがいつもより早くギャラリーにやって来て、キリコにでき上がったエッフェル塔を見せた。

「昨日、あれから家でずっと作ってたの?」

「はい、でも難しくって」

カナちゃんのエッフェル塔は、針金を何度も巻き直したらしく、ぐにゃぐにゃで、土台の部分も真ん中から横に曲がっていた。でも、カナちゃんなりのエッフェル塔ができあがっていた。ちゃんとてっぺんにハートもくっついていて、すっきりとはできていないにしても、何度ももやり直しては工夫した跡の残っている、手の汗と努力のこもったものだった。キリコはカナちゃんのエッフェル塔を見て嬉しくなった。カナちゃんが熱心に作った気持ちが良くわかったからだし、自分の作ったものをこんなに一生懸命真似してくれるなんてと、感謝したい気持ちもあった。

「お茶でも飲む？」

「はい」

カナちゃんの作ったエッフェル塔を真ん中に置いて、ふたりはクッキーをつまんで、紅茶を飲んだ。真夏の空になっていた表は眩しくて、暑そうだったが、ギャラリーの奥の方までは光が届かなかったから、ちょっと薄暗く感じる、静かでひんやりとした空気の中で、ときどき入り込んでくる心地よい風だけを感じながらふたりはゆっくりとお茶を楽しむことができた。キリコは、カナちゃんの嬉しそうに微笑んだ顔を眺めながら、これからもときどきはエッフェル塔やイヌやクマを作ってギャラリーに並べてみるのも悪くないと思っていた。

ポモドーロ

ある朝、六種類のトマトの苗が何の前触れもなく玄関先に届いた。

逗子のマンションから葉山の小さな一軒家に引っ越したばかりの頃だ。庭もほんの少しだけあった。といっても、園芸をこれから思う存分やってみたいなんていう気持ちはまったくない。もともとが不精なせいで、マンション住まいの時は、思いついてベランダで何かを育ててみても、すぐに水やりを忘れたり、虫がたくさん付いてすぐに枯らしてしまったりしていた。植物を美しくたくさん育ててみたいという願望があっても、それを熱心にやるだけの根気や思いやりといったものがまるでないのだ。

しかし、それを、「ベランダはやっぱりダメだよ、風が強いし、適してないんだよ」と単に環境のせいにしていた。だから、いままではほとんどが鉢植えを買ったりもらったりしても、ほったらかしで、枯れたら、ま、しょうがないねという自分の都合に合わせただけの植物に対する生活だった。

トマトの苗が届いた次の日の朝、今度はファックスが流れてきた。それには、「No.1 "San Marzano" ご存じ、ベル型（縦型）のサンマルツァーノ種。トマトソースなど、加熱して食べる種です」から始まって、No.6の"Riviera"まで説明があり、注意として、「栽培したことがないのでよくわかりませんが、No.1 - No.3は栽培種のため丈があまり大きくなりません。No.4 - No.6は野生種に近いため大きく育つ気がします」と書いてあった。

送り主は誰なんだろうと考えていたら、午後に送り主の奥さんから電話があり、ご主人がイタリアでトマトの種を買い込んできて、家で蒔いたら芽が出てきたので、自分の家だけじゃ心配だからと近所の知り合いの家にこっそりと配ってまわったらしいという説明を受けた。そのご主人は、僕らが小坪のシェフと呼んでいる努力型の料理の達人で、花火大会とかクリスマスとか季節ごとに立派なメニューを作成し、本格的な料理を熱心に研究したものを、楽しくみんなに振る舞ってくれている趣味深い人なのだ。前回は中華に挑戦し、その前はシチリアに行き、美味しいスプマンテがあったと、それを一ダースも抱えて帰ってきての大イタリア料理大会だった。

トマトの謎がわかり、そんなことなら枯らしてはいけないと急にプレッシャーを感じ、本気になってトマト栽培に取り組んだ。園芸の本を読んでみても、日本のトマトのことしか出ていないから、どうしようかと心配しているうちにどんどん大きくなり、とりあえずプランターを買い込み、それでも狭くなって大きな鉢に移したりするうちに葉が萎えてきたりすると、ちょっとしたパニックに襲われる。他の人はどうしているのかと聞いてみると、みんなも同じように困っていて、とりあえず水だけは朝夕欠かさずあげなければいけないという話にしかならない。もっとも、大きくなったら背丈を少し切った方がいいとか、野菜用の肥料を使った方がいいとか、庭の土を改良し植え替えた方がいいとかまわりからは様々な意見はあった。引っ越した家の庭は浜辺からそのまま続いているような所なので、砂が多く、栽培には向いていそうもない。だから、とりあえず、肥料をやり水だけは毎朝欠かさず、陽当たりの良いところに移動させたりしながら、トマトのご機嫌を伺うということしかできない。それでも、大きくなってきたものもあるので、あとは早くひとつでもいいから実がつかないかと思っていると、件《くだん》のご主人の奥さんから電話があり、近々催される和食の夕べのお誘いがあった。で、お宅のトマトはどうですかと聞いたところ、「凄いの、どんどん実がなってきて、大変よ」と生き生きとした返事が返ってきた。そのお宅は広いベランダがあるものの、丘の上のマンションなのだ、それも眺めがいいから、風も雨も直に受けそうなところなのだ。先日の台風の日なんか一体どうしてたんだろうなんて思ってしまう。やはり、努力の差なのか、その言葉に少しがっかりして庭先を見つめると、まだ伸び悩んでいるNo.2〝Astro〟の葉が萎えかけているのに気がついた。強い陽射しの下に置きすぎたのだろうか、日陰に下げて少し様子を見ることにした。幸い夕方には元気になり、ホッと一息ついたが、とにかく、その夏は、トマトの初々しい緑との対話の日々が続いた。そしてそれは、だんだんと自分が望むようになってきた、光と水と土を見つめながら暮らすような、ささやかな生活の始まりでもあったような気がする。

「今度、パーティやるのよ。佐島《さじま》にいい場所があって、東京からもお友達いっぱい呼んで。だから絶対に来てね」

キョウコから夜の十一時頃に電話がかかってきた。久しぶりにキョウコの声を聞いたと思ったが、いつもの一方的な電話で、自分のことだけを一気に話し終えると、「それじゃあね」と切ってしまう。キョウコは電話だけでなく、普段、面と向かって話していても同じようなものだった。相手の話の部分部分を聞いているだけで、あとは全部自分のこととして会話を勝手に成り立たせてしまう。

たとえば、誰かが犬を飼い始めたという話をしても、「私も飼おうと思っているのよ」という話になるし、もっと海に近いところに引っ越すという話をすれば、「私も海のそばに引っ越したいから家を探しているの」という話になる。ただ、キョウコは思いついたことを決断し、実行に移すのも早かった。相手と話しながら頭の中でいろいろなことを同時に考えているのだ。目を宙に向けて、うーんと考え込む顔つきをするから、それはキョウコの顔を見ていればすぐにわかった。そして、考えがまとまると勝手にそうしようと決めて、「やってみよう」と明るく笑いながらどこかに消えて行く。

キョウコが生まれた町に戻ってきたのは四十歳に近くなった頃で、それまではファッション・メーカーで女性服のブランドをひとつ任され、都内のデパートに二店ほどブランド・ショップを出していた。しかし、時代のニーズが終わり、ブランドそのものに勢いがなくなってしまうと、彼女は潔く会社をやめ、働き続けてきた体を休めるためにも実家のある葉山に戻って来たのだった。

彼女は独身だったが、長い付き合いのボーイフレンドがいて、彼の住まいと葉山の実家を行き来する毎日が始まった。彼はコンピュータの仕事をしていて、会社も家も箱根にあった。湯本から箱根登山鉄道に乗り、塔ノ沢で降りてから、坂を登り、古い石の階段を三十段ほど上がったところだ。ときどき坂や階段を登るのが嫌で車で行ったりもするが、大抵は電車で行った。会社にいた頃から、箱根に通うという感じが好きだった。仕事の帰りや週末の休みの日にしても、遠かったが、風景が次第に山に近づいていくのを見つめながら、待っていてくれる彼のことを考えたり、もうすぐ彼に会えるという期待感が素直に自分の中に膨らんでくるのが嬉しかった。そして、そこに普段とは別の自分がいることをいつも確認できた。

彼女が店を葉山に開いたのは、仕事をやめてから半年ほど経った夏のはじめだった。彼女なりに場所を慎重に考え、いままでの貯金を全部叩《はた》いて始めた店は、葉山でも少し不便な場所だった。逗子の駅からはバスで二十分ほどかかるし、ドライブがてらの観光客が立ち寄るというようなところでもなかった。山の中を横須賀に向かう一本道の、そば屋や電気屋や八百屋がまばらにあるような場所だった。

最初、彼女を知っている何人かは、いままで東京でしっかりとやっていた人だからと、彼女なりの目算があるのだろうと、そんな場所でも特別心配もしなかったし、葉山でなければできないような、新しい試みかもしれないと期待もしていた。

彼女はお洒落なよろず屋を目指していた。カップ&ソーサー、ランチョンマット、テーブルクロスといったものから、服、古着、洋書、そして食料品も置いた。食料品は自然食がメインで、乾物以外にも野菜やミルクなどの生鮮食品も多少あった。彼女はそこで、お茶や簡単な食事もできればいいと思っていた。とにかく、いままでの彼女の総決算のように、仕事で培った彼女なりのネットワークを使い、仕入れられる限りの、若い女性やお母さんが好みそうなものをありったけ置こうとした。店は床や壁、什器にいたるまで木を目一杯使いナチュラルな雰囲気を演出して感じの良い作りにした。最近まで都内の雑貨店に勤めていたエッちゃんが店を手伝うことになっていて、若い彼女の意見も取り入れ、品揃えやディスプレイも都内でも見たことのないような複合的な店になった。

オープンしてしばらくは、近所の人たちが珍しがって来てくれたので店はいつも活気があった。彼女は話し好きだったから、お客さんといつも世間話をしながら商品や店の宣伝に努めた。あまり値段の高いものは売れなかったが、小綺麗でちょっとしたプレゼントや普段使うようなものが、わざわざ東京や横浜に行かなくても手に入るようになったと喜ばれた。しかし、一年半後、彼女の店は努力の甲斐もなくあっけなくクローズした。

彼女は焦りすぎた。それにいろいろな人を巻き込みすぎた。彼女は思いついたらすぐに実行したから、店が落ち着くということがなかった。自然食ばかり並べたと思ったら、次は古着ばかりの店になった。なんでもありという発想は良かったが、しっかりと区分けして、それが定着するのを待たずに目まぐるしく変えたから、客の方が次第に何の店か理解できなくなってしまったのだ。彼女の意志が何処にあるのかがわからなかった。何でもありといっても、彼女なりに、葉山の生活で必要なものと必要でないものを分けなければならなかったのだ。しかし、店は、彼女の性格そのままに変わっていったから、まわりもうまく付き合っていくことができなくなってしまった。

確かに商売を考えたら葉山で成功するのは難しい。家賃や人件費だけでもまかなうことができたら良い方なのだ。しかし、趣味で商売はできない。葉山という場所はイメージだけは先行させやすいが、購買客は少ないし、自分の住んでいる近所のことを意外と知らないのだ。それというのも、ほとんどの人が都会に仕事を持っていて、毎日通勤しているから休みの日などは用事がなければ家からあまり出ない。出かけるにしてもやはり都会に出るから、用事はそこで済ますこともできるのだ。海や山があり、お洒落に住んでいる人も多いから、素敵な店を作るのにはぴったりのところだと誰もが思うが、それはイメージだけで、気取ったものは商売になどならない。彼女のような店がもっとできて、葉山にも新しい時代が来ているということを知ってもらうのには、もう少し時間がかかることなのだ。もちろん、彼女もそんなことはわかっていたから、葉山っぽい感じと親しみやすい感じを同居させた素敵な店というのをイメージしていたし、実際そんな感じになった。そして、都会から遊びにきた人も感心させるだけの要素もあった。葉山の生活に密着した、葉山での生活をより豊かにするための店だったからだ。

だから、本当は店のそばにもう一、二軒、カフェやブティックがあったら良かった。そういったものができるまで、地味にコツコツと何とかやっていこうという心構えがあったら、もう少し頑張れたのかもしれないし、新しい環境を葉山に生み出すことができたかもしれなかった。しかし、彼女はわかっていてもじっと我慢して様子を見るということができなかったし、知人から売ってみてよと商品を頼まれれば断ることもしなかった。最初はそれでもうまくいっているように見えた。また、本人もそう思っていたが、やがて、少しずつ支払いが滞るようになり、せっかく協力しても見返りがなかったり、利用価値がないと思われたりと、彼女を取り巻いていた人たちも離れていってしまった。しかし、それでも何とか頑張ろうとしていた。彼女にとって初めて、自分のお金で、自分ひとりで考えた店だったし、いままでの経験を十分に生かせる仕事だったから、それが壊れていくのはたまらなく辛かったし、絶対に成功しなければならなかったのだ。でも、彼女が頑張れば頑張るだけ、店は最初の目論見から外れ雑然としていった。そして、整理がつかないほど品物だけが増え、売り上げは低迷した。

　店を始めてからキョウコは箱根に行くだけの時間も余裕もなかった。ときどき彼の方が葉山に来た。そして時間があれば店を手伝ってくれたりもした。彼は優しかったが、店をどうすれば良いのかということまでは知識も経験もなかった。でも、一度だけ、彼女に決心を促したことがあった。「君は自分の手に負えないことばかりやろうとしてるんだねえ」と、自然食のピザを焼いて売ってみたいと言い出した時に、彼がぽつりと言ったのだ。彼女はその時、いつものように「やってみなければわからないじゃない」と反発したが、そのあと、彼は「もういいかげんにした方がいい」ときっぱりと言ったのだ。彼女は考え込み、やめたくてもやめられないことを彼に伝えた。そして彼女は決心した。とりあえず店を閉め、箱根でしばらく考えてみようと、彼と一緒に箱根に戻った。

久しぶりに行った箱根は紅葉の季節で、夜はもう冷たかった。彼が仕事に出かけると、彼女は何もすることのない時間を持て余した。散歩するといっても寒いし、坂道は疲れるだけだった。でも、近所の旅館の温泉に浸かりに行くと、いままでのことが頭から抜けて、ほっとした自分を発見することができた。そんな日を何日か過ごすと、忘れていたことをたくさん思い出し、自分の思い込んでいたものが別のところにあったような気がしてきた。それはこれ以上無理するよりも店をやめるということでもあった。彼女の頭の中で「やってみよう」と思ったのは、ふたつあって、まずは店を整理するということだった。それはいままでの「やってみよう」の中でも勇気のいることだったし、多少の借金を抱え込むことでもあった。でも、それがまた新しい始まりを作ることだと思えばいいやという気持ちもあった。

彼女の開いたパーティは店じまいをするためのものだった。海に突き出した大きなテラスのあるマリーナの一角を借り、彼女はトラックいっぱいに店の商品を積み込み、大バーゲンセールを開いたのだ。そして、彼女はみんなに自分の失敗を正直に説明した。協力してくれた人や店を開いたことで仲良くなった人たちに自分の力がなかったことを詫びた。その日は天気が良くて十一月でもTシャツでいられるぐらいに暖かかったから百人ぐらい集まった。彼女は店の商品を好きな金額で好きなだけ持っていって欲しいと言った。みんなは戸惑いながらも、商品を見て、自由な値段を付けて彼女に支払った。パーティは延々と続き、食べられるような商品はどんどん開けて、煮たり焼いたり、みんな面白がっていろいろなものを作り出した。近所の人は家から鍋やコンロを持ってきて得意な料理を作り出すし、野菜や肉が足りないと買い出しに行く連中もいて大騒ぎになった。

彼女は満足していた。まだ、みんな自分のことを見捨てていないことに感謝した。そして彼女は改めて決心することができた。彼女が新しく始めようと思ったのは、母になることだった。その日で四十歳になった彼女は、身ごもっていた子供を生むことをしっかりと心に決めた。

スーパーナチュラル

「半分体が消える人と宇宙船を呼ぶおばさんが家に来てるから遊びにこない？」

夕方、サッちゃんから電話があった。

そりゃ面白そうだと、僕はすぐに車に乗り、海岸沿いの道を走り小高い丘の上に建ち並ぶ高級住宅街の曲がりくねった坂を上った。

サッちゃんの家はテラスから葉山の海が一望できた。白いペンキで塗られた家は丘の斜面に建っていて、どの部屋も光が大きく入り込むような天窓が付いていていた。道に面した入り口は二階で、玄関は煉瓦を敷き詰めた階段を下ったところにある。テラスの下は緑が繋っていて、夏みかんが大きな実を付け、ミモザが黄色い小さな花をたくさん咲かせていた。

「こんにちは」とサッちゃんの家に上がり込むと、お父さんやお母さんの他に四人ほど知らない人がいた。みんなで雑談をしていたらしく、僕がリヴィングに入っていくと、お母さんがすぐにみんなを紹介してくれた。

サッちゃんの家族はお母さんとお父さんとお姉さんと十五年近く生きているボケた犬で、一家みんなが円盤や超自然現象などが好きだった。サイババの写真を飾り、不思議な現象を起こす人や場所にどんどん出かけて行ってはよーく話を聞き、本人もしくは関係者と仲良しになって帰ってきた。だから、ここ数年サッちゃんの家にはいろいろな人が遊びに来ていた。何しろ、海が一望に見渡せる家だから風通しも良く、不穏なエネルギーが溜まることなくしっかりと抜けていくので、そういった関係の人にとっては聖なる場所として認定してもいいぐらいイメージの整ったところだった。

最初はお父さんが好奇心で本を読んだり、ＵＦＯなどのテレビを見ていただけだったが、偶然手に入れた波動エネルギーカードによって、一家は俄然本気になっていろいろ勉強するようになった。

波動エネルギーカードというのは、螺旋状の線が描かれた名刺大のカードで、それを身につけていたりすると、宇宙エネルギーが体を癒してくれるというようなものだ。近所にそういったことを研究しているところがあり、お父さんが訪ねていって、一枚何百円かのカードを買ってきたのだ。ちょうどその頃、ボケた犬はもう腰が抜け、立つこともできず、食事もできず、老衰でもうじき死ぬと誰しもが思っていた。しかし、お父さんがその波動エネルギーカードを試しに首に付けてみると、犬はウソのように元気を取り戻したのだ。以前と同じようにテラスを駆け回り、餌もモリモリ食べるのだ。とにかくみんなびっくりして、お母さんは腰、お父さんは膝、サッちゃんは肩と、体の具合の悪いところに貼り付けた。お父さんは会社にも持っていってはこっそりと同僚にあげたりしていて、以前から素行風体が怪しいと思われていた印象をもっと怪しくさせていた。

　勉強熱心なお母さんは、気功からヒーリングまで何でも学び、お父さんも負けずにそれにならった。サッちゃんも、「しょうがないのよ、あのふたりは」と馬鹿にしながらもいつの間にかヒーリングのセミナーに通い、友達のリエちゃんも電車の中で偶然出会ったら「サチコはまだ甘い。地球はこれから五次元の世界に変わるのよ、アセンションの時期にきてるのよ。だから合い言葉はアセンション」と叫びながら僕にそんなことを教えてくれた。いつの間にか丘の上の家はスーパーナチュラル総合研究所と化していた。

　それに僕だって宇宙船を見た。深夜酔った眼で火の玉が空をシュッと飛ぶのを見たのだ。以来、僕も僕なりに本を読み、サッちゃんの家で馬鹿にされないぐらいの知識を身につけた。けれど、向こうはどんどん本格的に学習も修業もするものだから追い付かない。こちらは、とは言ってもなーっていうぐらいの、まだ半信半疑の状態だから、みんなとは気合いが違う。でも、今日のように珍しい人が家に来ていると呼んでくれるので、多少は仲間だと思ってくれている気持ちがちょっと嬉しかった。

半分体が消える人は、四十歳ぐらいの女性で、美人で話に説得力があった。旅行先の島で朝早く海で瞑想していると空から光が彼女の体に突き刺すように降りてくる話や、いつの間にか宇宙船の中に自分がいたかも知れないという話など。自分を信じて疑わず、否定される条件をすべてカバーするような形で話を進めていく。半分体が消えるというのはビデオに撮ったものがあり、トランス状態の彼女の顔が少しずつ振動し、美しい顔が神々しくなり、ちょうどカメラのフォーカスがずれていくかのように、彼女の顔がぼやけて、ふわっと空間に消え入りそうになっていくのだ。それは彼女の細胞のひとつひとつが宇宙エネルギーと同化していく様を見ているようだった。もちろんカメラは固定されていて、誰も触ってはいない。

もうひとりの宇宙船を呼ぶおばさんというのは、彼女のいるところにはいつでも頭上に宇宙船がいるという人で、宇宙船は、アダムスキー型とかそういうのだけではなくどんな形にも変わることができるのだそうだ。だから、雲でも鳥でも飛行機でも宇宙船の可能性があるのだが、素人眼には雲は雲にしか見えない。

夜になると、テラスからは、ちょうど丘の裏の方の山から赤や青のランプをチカチカさせながら真っすぐに水平線に向かって飛行機が飛んでいるのがいつも見える。水平線はとっくに沈んだはずの太陽の光がまだほんの僅か地球の裏側から照らしているかのような青白い線をうっすらと描いていた。

「来ましたね」

いままで無言でニコニコしながらみんなの話を聞いていた宇宙船を呼ぶおばさんが、ゆったりと体を沈めていた籐のロッキング・チェアから少し起き上がり呟くと、みんな一斉に立ち上がりテラスに走った。カメラやビデオを持った人もいる。頭上にはランプをチカチカさせた物体が飛行機と同じコースで真っすぐに飛びながら水平線に消えていく。いままでとは違うのは、次々と飛び去っていくランプの数が急に多くなったことだ。

「あれがそうなんですか」

いま来たばかりのサッちゃんのボーイフレンドが、テラスで空を眺めている僕の耳元で小さな声で話しかけた。

「そうらしいですよ」

僕が答えると、

「あれ、飛行機ですよね」

と、真面目な顔をして呟いた。

「だから、いろんな形になるらしいよ」

そう説明すると、

「でも、飛行機ですよ」

釈然としない顔をしてまた呟いた。すると宇宙船を呼ぶおばさんがいつの間にか僕らの後ろに立っていて、

「あれがそうですよ」

と、新しく頭上に現れたランプのチカチカを指差した。でもそれもいままでと同じように真っすぐに水平線に向かって飛んでいく。僕は頭の中で、きっと横須賀の米軍の基地に飛んでいく飛行機で、演習が終わったのか、輸送機なんかが飛ぶ時間なんだと思っていた。しかし、そのランプだけは消えなかった。いままではみんな水平線の彼方に消えて見えなくなったが、それは消えることなく水平線あたりに止まったまま青いランプを点滅させていた。

「消えませんね」

ボーイフレンドがそう言うと、

「消えません」

僕もそう答えて振り向くと、宇宙船を呼ぶおばさんはひとり座ってい

た場所に戻り目を瞑って居眠りをしていた。

次の日、僕は会う人ごとに昨日の話をした。みんな面白がって話を聞いてくれたが、笑い話としてしか受け止めてはくれなかった。そして、「お前も変な奴らと付き合ってないで、いい加減ちゃんと仕事しろよ」と説教までされてしまう始末だ。しかし、それももっともな話で、そんな風な話しかできない自分がそこにあるのだ。

何かを信じている人に対してはちゃんと相手を信じて話を聞くということを心がけていても、つい本音の部分が頭をもたげてしまい、中途半端な答えしか引き出せない。だからいつも傍観者の立場にしかなれないのだ。ウソとかホントというのはその人の生活の在り方によって違うのだから、そう信じて生きている人や信じようと思っている人にとって僕などはきっと迷惑な人間なのだと思う。見識があったり、常識があるとかいうことをこっそり望んでいるくせに、どんなところにもいい顔をしようという気持ちがあるのだ。でも僕はあの日以来、空を見上げては宇宙船を見ている。どうして宇宙船が見えるのかというと、鳥でも飛行機でもイメージで語り合うことを覚えたからだ。形や現象ではなく、対象の向こうにある存在に対して意識をゆっくりと広げていくのだ。ただ、正直に言うと、飛行機はスピードが速いし、高い所にありすぎて、僕にはまだ宇宙船として頭の中で知覚するということはほとんどできない。

ガーデン

　武蔵小金井の狭い家から逗子の芝生の庭のある古い二階建ての一軒家に、栞さんと洋一さんの夫婦と二匹の猫が引っ越して来たのは、やっと暖かくなり始め、庭の水仙がまだ白い花を咲かせていた三月の初めだった。

　ふたりの荷物はたくさんあって、以前の家ではもう足の踏み場がなくてどうしようもなくなった時、友達に会いに逗子に出かけたついでに不動産屋のウインドウを覗いたら、ちょうどいい物件に出会ったのだ。駅から歩いて十分、家賃も十三万円と手頃で、さっそく見に行くと、昭和三十年代に建てられたような木造の家はその当時の中流家庭の夢がいっぱい盛り込まれているような雰囲気があった。細い竹で格子に組まれた生け垣から庭の植木を覗かせ、コンクリートの門柱にはアーチ状の棚があり、以前はバラなどを咲かせていたのだと思わせた。玄関のドアには菱形の窓がついていてダイヤガラスがはめ込まれ、たたきの黒い玉砂利は外からの光をそれぞれに小さく反射させていた。

一階は十畳と八畳の和室があり、それぞれ庭に面して二畳ほどの廊下が付いていた。それに四畳半ほどの台所とトイレと風呂場があり、二階には十畳ほどの洋室があった。それだけでは狭いかもしれないと思ったが、八畳ほどの離れが別にあり、そこも使えるというので、すぐに引っ越すことに決め、不動産屋に手付金を支払った。

大家さんは少し前までこの家に住んでいて、いまは近所の息子の家に世話になっているという今年八十歳になる老人だった。庭を大事にしていて、ときどき世話をしに来たいというのが唯一の条件だった。確かに庭の芝生を囲むように百日紅や泰山木《たいさんぼく》や棕櫚《しゅろ》などが植えられ、小手毬《こでまり》が小さな白い花をたくさんつけているのを見ると、長い間手入れして、毎日眺め続けていた木々や草花に愛着があるのがよくわかった。

版画家の栞さんは離れに自分のプレス機を置き、そこを仕事場にすることにした。彫刻家の洋一さんは一階の十畳間と二階を占領し、そこに今までの作品やこれから仕上げようとしている作品などを置いた。それだけで家はもういっぱいで、台所と八畳の部屋だけがなんとか生活するスペースとして残った。

ふたりは、いままでに少しずつ五〇、六〇年代の雰囲気のあるものを集めたりしていたので、思い切ってインテリアもすべてそれでまとめてみることにした。愛用していたイームズの椅子やデコラ張りの楕円のテーブルを置き、瓢箪形の連続文様のついた淡いグリーンのカーテンなどをつけた。拾ったり古道具屋で買ったりしたものが多かったから、みんなほんの少し黄ばんだり汚れたりしていて、整えてみると、古い家屋にはぴったりとマッチした。二匹の猫は以前いた家でも居場所にしていた簞笥を見つけるとその上にさっそく登り、引っ越しなどなかったような顔をしてさっさと居眠りを開始し、ときどき降りてきては餌をねだった。

大家さんが頻繁にやって来るようになったのは、引っ越して一ヵ月後のことで、荷物も片付き、やっと落ち着いて仕事を始められると思っていた矢先だった。最初は、散歩の途中にちょっと寄ったという感じで庭を見て回る程度のものだったが、気を使ってお茶を出したりするうちに二日に一度ぐらいの割合で来るようになった。ふたりともほとんど家で仕事をしていたから、いつの間にか、手の空いている方が相手をするということになってしまった。悠々自適な毎日を過ごしているらしく、いつも元気に自分のことや近所の話などをして帰ったが、日によっては一時間も二時間もいるものだから、忙しくしている時など本当に困ってしまった。冷たくするつもりはなかったのだが、ふたりとも仕事の締め切りなどに追われている時、お茶だけだして、すみませんちょっと忙しいのでと放っておいたら、しばらく来なくなってしまい、今度は気を悪くしたのかなあと逆に心配になってしまった。洋一さんは、「それで良かったんじゃないの」とホッとしたかのように言ったが、バラの花の蕾が大きくなり始めると、「虫がつきやすいから、殺虫剤をそろそろ撒かなくては」と言ってたことなど思い出し、栞さんは、家に、「しばらく見えないんですけど、ご病気なんですか?」と電話をかけた。すると翌日、お饅頭を持って現われ、木の剪定や、チューリップは花が終わったら、切り取って、葉は黄色くなるまで放っておくのが球根を育てるコツだなんてことを何事もなかったように話して帰っていった。栞さんは自分の持ってきた鉢植えやこれから育てたいと思っていた草花もあったから、大家さんの話はいろいろと参考になったし、植物に対する愛情みたいな眼差しはお互いに通じるものがあった。

太陽の光が日増しに強くなってくると、朝日がきらきらと光っている若い緑の芝生にくっきりとした木陰を描くようになった。洗濯物を干す時などは、裸足で芝生の上を歩いたりして足から体全体に庭の自然のみずみずしさを感じることができた。

その頃になると大家さんの訪問にも馴れ、それほど気にならなくなってきた。こちらの都合に合わすような形で気楽に接することができたし、構わなくても大家さんは勝手に庭の手入れなどをして帰っていった。

自分たちの作品制作以外の、ふたりの主な仕事は、雑誌のイラストを描いたり、デパートなどのディスプレイの小道具などを作ったりするものだった。ときどき展覧会などを銀座の画廊で開いたりしても、それがお金になることはあまりなかったから、多少無理しても頼まれた仕事はすべて引き受けていた。洋一さんは器用なので、けっこう重宝されていて、この前なんて、ノーマン・ロックウェルの絵そっくりに、実際の家具や階段などに彩色するような仕事を頼まれ、それをディスプレイする現場で二日間徹夜して描いたりもしていた。

ある日大家さんが洋一さんにお願いがあると相談しにきた。なんのことかと思ったら、ふたりを見ていたら自分も絵を描きたくなったから、どんな画材を揃えればいいのかという相談だった。その時はいつもふたりがフーフーいいながら絵を描いたり作品を制作するのを見ているので、きっと暇なものだからちょっと気紛れでやってみたくなったのだと思った。洋一さんが、「どんな絵を描きたいんですか」と聞くと、「庭の花を描いてみたいんですよ」と答えた。大家さんは書道を永くやっていて、水墨画の心得もあった。しかし、洋画というのもやってみたいというので、とりあえずこれを使ってくださいと、洋一さんは、あまり使うことのないウィンザー&ニュートンの水彩絵の具のセットと新しいスケッチブックを差し出した。栞さんが、「鉛筆でスケッチしてから色をつけてみたらどうですか」と説明すると、私もやってみようと自分も庭に出て、大家さんと一緒に描き始めることにした。大家さんはゆっくりゆっくり震えるような線で、百日草の花びらのひとつひとつを鉛筆で描いた。栞さんはさらさらと花や葉を描き、十分ほどで仕上がったが、大家さんはまだ花びらを五枚ほど描いただけだった。「さすがにうまいですな」大家さんが栞さんの絵を見て言うと、栞さんは謙遜しながら、「とっても丁寧にお描きになるんですね」と答えた。すると大家さんは、「どうも花を見ているといろいろなことを思い出してしまうんですよ。子供の時分によく林で遊んでいて、葉っぱと葉っぱがいっぱいかさなっている小さな隙間の奥を覗き込むと、蜘蛛が巣を作っていたりして、それを見ていると、その奥にもっと違う世界があるような気がいつもしてたんですよ。そんなことを急に思い出したりするものだから、ぜんぜん手が動きませんな」と話した。

　大家さんはそれから毎日のように来ては庭でスケッチをしていた。以前のように話し込むことなく、声をかけてくれなければ来ているのもわからないぐらいだった。大家さんは鉛筆よりやはり筆の方がいいと、もくもくとスケッチブックに向かっていた。暑いからと麦藁帽子をかぶり、折畳みの椅子を持ってやってきては二、三時間庭に座り込んでいた。ときどき、「冷たいものでもどうですか」と声をかけると、いままで描いたものを見せてくれて、「素人ですから」と照れた。大家さんの絵は正確さという点では劣っていても、筆の力の抜けた線は律儀さと曖昧さがあって、部分的に二、三色塗っただけの仕上げ方も悪くなかった。また達筆な文字で花の名前が書かれているのも、絵の全体をまとめるのに役立っていて、栞さんはその絵に新鮮なものを感じていた。そして、「素晴らしいです。どんどん描いてください」と素直に意見を言うと、大家さんは嬉しそうに、「端から順に描いているんですよ。これから咲くようなやつは後回しにしてるんですけど」と答えた。

秋になっても大家さんは庭の花を描いていた。そして、十月の終わり頃、大家さんは体を壊し、寝込むことも多く、家から外に出ることができなくなってしまった。一度お見舞いに行くと、「ツワブキはもう咲きましたか」と聞かれた。「ああ、あの葉が大きくて間からしゅっと黄色の花が咲いているのですか」、そう答えると、大家さんはうなずきながら、「そうそうそれです。あれを今度描こうと思っていたんです。昔は葉を煎じると魚の中毒にきくなんて言われてたんですよ。根も下痢なんかにいいんじゃなかったかな」なんて話していた。結局それが大家さんとの最後だった。一週間後に大家さんは肺炎をこじらせてあっさりと亡くなった。お通夜の夜、息子さんから三冊ほど貯まったスケッチブックを見せてもらうと、庭のほとんどの草花が描いてあるのがわかった。洋一さんが、「庭の植物目録みたいだね」と言った。栞さんはそれを聞いて涙が止まらなかった。大家さんが麦藁帽子をかぶって絵を無心に描いている後ろ姿が目に浮かんだ。

次の日、栞さんはツワブキの絵を描いた。そして、もしスケッチブックを棺桶の中に入れるのだったらこれも一緒に入れて欲しいとお願いした。結局、スケッチブックは燃やされなかったが、庭を見るたびに、なんだか気の抜けたような気がした。秋風が吹いて、庭の草花や木々がこれから冬に向かってどんどん葉を落としていくんだなあと思うと淋しかった。でも、自分たちが住んでいる間は庭の手入れは絶対に怠らないつもりでいた。そうしないと大家さんの描いていたあのスケッチブックも意味がなくなってしまう。きっと大家さんはいままでの自分を振り返るような気持ちで描いていたのだと思う。庭の木々や草花は大家さんの手で丹念に植えられたものだけに、一本一本が自分の永い人生の記憶を蘇らせてくれたのだろう。そして、絵を描くことで、木々や草花と一生懸命会話していたのだ。

栞さんは今度は自分が庭の草花や木々を描いていこうと思った。まだ冬も春も残っているし、これからどのくらいここに住めるのかわからないが、せめてその間だけでも、大家さんから引き継いだ庭を自分たちの人生の記録として描いていきたいと考えていた。

ウクレレ

四十三歳になった食品関係の輸入代理店の専務と四十二歳になったグラフィック・デザイナーと四十五歳になるレストランの経営者が三人で、茅ヶ崎にウクレレを習いに行ったのは、十月の末で、まだ夏の光が少し残っていて、パドリングしていても首筋がひりひりと感じ、ウエットスーツを脱いでも裸でぼんやりとしていられるような日曜日の夕方でした。

ひとりは太っていて、ひとりは頭の毛が薄くなっていて、ひとりは足の痛風がやっと治りかけたところでした。

三人がウクレレを習うことにしたのは、車やサーフィンや女の子に夢中で、毎日のように浜辺で過ごしていた頃の仲間だったナナミの三度目の結婚が決まったからでした。ナナミは三十代の後半になっていましたが、その面影はいまでも変わりなく、鼻に皺を寄せて愛くるしく笑う姿を見るたびに楽しかった昔を思い出させてくれました。最初の夫はみんなと同じサーフィン仲間で、結婚してすぐに交通事故であっけなく亡くなってしまいました。どんな波にもチャレンジするような勇気のあった男で、みんなのリーダー的な存在でもありました。当然、女の子にも人気があって、いろんな女の子が彼にアタックする中、最後に彼を夢中にさせたのがナナミだったのです。

ナナミは夫を失うと、その突然の不幸に負けまいとイギリスに渡り、デザインの勉強をするためにアートスクールに通い始めました。そして、そのまま十三年ほど滞在し、帰ってきた時は、二度目の結婚に失敗した後でした。ナナミは八〇年代のはじめ、ロンドンのクラブ・シーンを中心に活躍し始めていたミュージシャンやバンドのグラフィック・デザインを手伝っていました。もともとみんなアートスクールやダンス・クラブなどの遊び仲間で、好き勝手にバンドを組んだりしてライブなどを行なっているうちにじわじわと人気が出て、大手のレコード会社と契約するようなグループも出てきたのです。するとナナミの仕事も増え、それで生活もできるようになったのです。結婚した相手は、自分の好きないくつかのグループを抱え、細々とレコードを制作し販売するようなインディペンデント・レーベルのオーナーでした。結婚したばかりの頃は多少の苦労もあったのですが、そんなレーベルの活動やミュージシャンにも注目が集まりだすと、レコードも売れ始め、イギリス全土やヨーロッパにバンドと一緒にツアーに出たりして面白おかしい生活が続きました。でもそれは同時にドラッグとの戦いでもありました。お金に余裕ができると、どんどんドラッグはエスカレートして、ナナミもそれに付き合うように溺れました。しかし、そんな音楽のブームも終わり、仲の良かった友人やミュージシャンがドラッグで死んだり廃人のようになったりするのを見るようになると、ナナミはそういった世界から逃げ出したくなり、けっしてドラッグをやめようとしない夫と別れ、日本に戻ることにしたのです。

日本に帰るとナナミは有名人でした。いまでは世界的に知られるミュージシャンとは知り合いでしたし、一緒に仕事もしていたので、レコード会社や雑誌などから声がかかり、アルバムジャケットのアートディレクションから、彼女の撮ったスナップ写真をまとめた本やミュージシャンとの交流を描いたエッセイを書かないかなど、話がいろいろあったのです。

しかし、東京での生活はわずらわしそうだったし、これからのことをじっくりと考えたかったこともあり、生まれ育った葉山にマンションを買い、そこで静かに暮らすことにしたのです。そして、昔の仲間にも十四年振りで再会し、それぞれが自分の仕事を持ち、歳を取っても、まだみんな楽しそうに一緒に遊んだりしている姿に接したのです。でも、彼らにしても、その十四年の間にはいろいろなことがあり、つい最近ようやく仕事も落ち着き自信も出てきたところだったのです。

ナナミはみんなに会うと、自分がまだ昔の自分に戻れるような気がしました。いままでの生活があまりにも極端だったので、葉山での生活は、何も刺激のないつまらないものだったのですが、少しずつ慣れてくると、交通事故で死んだ夫のことや、それ以前のことが懐かしく思えてきたのです。昔の仲間はみんな温かく迎えてくれて、いつも誰かが午後のお茶や夕食に誘ってくれました。そして一年も経つと、ナナミはいつも海辺にいた若い頃と変わらないのんびりとした平和な時間を過ごせるようになっていました。ただ昔のようにみんなと一緒というわけではなく、二匹のゴールデンレトリバーを連れ、散歩しては、イギリス時代の写真を整理したり、文章を書いたりしていたのです。いろいろなことを思い出すと、ときどき辛かったり、懐かしかったりしましたが、本にまとめることで、自分に区切りをつけたいと思ったのです。そして、そんな毎日に変化が起こったのは、ナナミが用事で東京に行った帰りの横須賀線のグリーン車の中でした。新橋から乗ると偶然最初の夫の弟が隣の席に座っていたのです。ナナミは帰ってきてからお墓参りに一度行ったきりで、家族にはまったく挨拶もせずに過ごしていたことをその時悔やみましたが、彼はそんなことは気にしなくていいと言ってくれました。彼とナナミは同い年で、結婚した当時はまだ大学に通っていて、事故が起きたのは彼が銀行に勤め始めたばかりの時でしたが、その時以来彼とは顔を合わせたことがなかったのです。声をかけてきたのは彼の方で、ナナミはまったく気がついていませんでした。しかし、電車の中で一時間ほど話し込んでいるうちに彼の顔や話し方に昔の夫の面影をいろいろ発見することができて、ナナミはもし彼が生きていたらこんな感じになっていたのかもしれないと思ったりもしました。本当に久しぶりにもかかわらず、また、それほど親しかったわけでもないのに、不思議な懐かしさを覚えたのです。

あっという間に鎌倉に着いてしまい、彼に誘われるまま、小町通りにある小さな居酒屋で再びお互いのことを話し合うことになりました。彼は独身で、四年前に離婚した奥さんとの間に子供がふたりいました。子供は奥さんが引き取り、彼は東京でひとりで住んでいましたが、たまたま鎌倉の実家に帰るところだったのです。彼の離婚の原因は若い女子行員と浮気をして銀行をやめさせられたことでした。彼は銀行に勤めていた時から、推理小説を何冊か出版していて、ベストセラーとはいかないまでもそこそこ人気のある小説家でした。それを煙たがられたということもあったらしいのですが、とにかくいまは毎日小説を書くという生活をしていました。そして、その後、ナナミはときどき彼と会うようになりました。東京へ出る時は彼に電話して一緒に食事をしたり、お酒を飲んだりしていたのです。半年もそんなことを繰り返しているうちに、ナナミの本が出版され、ナナミの仕事が一段落した時、彼から結婚を申し込まれました。そしてナナミは葉山で一緒に住むのだったら考えてもいいと返事をしました。ナナミは本を出すことで過去を整理したいと考えていましたから、都会での雑事に関わることなく、いままでどおりの静かな暮らしをしたいと思っていました。彼はそんなナナミの気持ちをわかっていたので、一緒に葉山で暮らそうと言ってくれました。

びっくりしたのは昔の仲間で、付き合っていることは知っていても、それは兄との関係のことで、まさか結婚するとは誰も思っていませんでした。でもすぐにみんな喜んでくれました。ナナミはこれからどうするんだろうとみんな心配していたし、また仲間がひとり増えたと思ってくれたからです。

結婚式は葉山の海の見えるホテルで挙げることにしました。お互いに派手な式は望んでいませんでしたし、式に呼ぶのもほとんど近所の人だったから、気楽にやれればいいと思いました。

ウクレレを習い始めた三人はまだ二ヵ月しか経っていないのに、その上達ぶりは見事でした。大きなお腹の上にちょこんとウクレレを乗せ太い指で和やかな和音を奏でると、頭にいっぱい汗をかきながらナイーブなメロディをその上に乗せていきます。また、痛風でお酒が飲めなくなったからその分練習に励み、歌も覚えて、ハワイアン・ウエディング・ソングをハイ・トーンの美しい声で披露したのです。もちろん会場はそのちぐはぐな雰囲気に最初は爆笑でしたが、演奏が始まるとみんな嬉しそうに聴き入り、最後にはアンコールの声がかかるほどでした。

ナナミは彼らの演奏を聴きながら、昔、新婚旅行で行ったハワイのノース・ショアのことを思い出しました。みんなお爺さんになっても海のそばに住んで、気が向くと海を眺めながら日がな一日ギターやウクレレを演奏して過ごしているのを見て、彼がいずれあんな風に暮らせたらいいなと言っていたからです。一ヵ月ほどロッジを借り、レンタカーにサーフボードを積んで浜辺に通う毎日を楽しく過ごしたのです。後からみんなもやって来て、ハワイの波に揉まれパイプラインにトライしながら風の中を夢中になって遊びまわりました。

みんなその頃の気持ちをまだ忘れずに持っているんだということをナ

ナミは改めて思いました。そして、これからも持ち続けるだけの若さを失っていないということも同時にわかったのです。イギリスではみんながみんな自分の成功に溺れていく姿ばかり見てきました。そして自分も半分は溺れかかっていました。ナナミは日本に帰って来て、なんとかもう一度やり直せる自信がついた時、タイミングを計るかのように結婚を申し込まれました。ナナミはこれから始まる新しい生活をしっかりと守っていきたいと思っていました。こうしてみんなが昔のように変わらず元気に暮らそうとしているなら、自分も一緒にここで暮らしたいと思ったからです。そしていずれは、ハワイで見たお爺さんたちのように、ずっと海を眺めて一日が終わるような生活が続くのも悪くないなと思いました。でも、それだけでは単に老人ホームのような暮らしなので、少しずつでもいいから葉山から発信できて、いくら歳を取ってもみんなの励みになるようなことをこれから始めたいと、その時強く思っていました。

ペア

その夫婦は自分たちの言葉をたくさん持っていました。そして、ときどきふっと思い出したように自分たちの言葉で語りかけてくるので、意味がわからずに、困ってしまうことがあります。

ふたりは写真家で、あっちこっちに出かけて行っては、写真を撮り、それを雑誌や写真集や展覧会で発表します。ある時、奥さんが葉山の山の中にあるひっそりとした古い洋館で羽の付いた帽子の写真展を開きました。足を運んでみると、帽子は大正時代のもので、その時代の格好をしたお客さんで賑わっていました。洋館は帽子をデザインした人の家で、写真なんてどこにもなくて、帽子のコレクションの発表展示会といったようなものでした。「毎日会場に行っていますから、いらっしゃったらぜひ声をかけてください」と言っていたので、受け付けの人に「Tさんはいらっしゃいますか?」と聞くと、「そんな人は知りません」と、上から下までじろじろと見られて、場違いですからお帰りくださいといったような顔をされてしまいました。

翌日、Tさんに電話すると、「面白かったでしょ、あれが大正時代のハイ・ソサエティの暮らしぶりなんです」と笑われてしまい、「今度はいろいろなお家の冷蔵庫の写真展をするので、ぜひ見に来てください」とまた誘ってくれるのです。

ご主人のSさんは、最近お茶に凝っていて、中国のいろいろな種類のお茶を集めては、お茶はもちろん、急須やお茶碗などの写真を撮り、説明を加えて本にまとめようとしています。でもその説明は全部嘘で、旅行先で見たり聞いたりしたものを自分の都合で勝手に繋ぎ合わせたようなものでした。でも、ときどき、お茶の専門家が訪ねて来てはSさんの話を腕組みをしながら聞き、ふんふんと頷いているのでした。Sさんは趣味人を笑う癖があって、そういった人たちを小馬鹿にしながら納得させてしまうのが得意なのです。それというのも、都合が悪くなると、誰も知らない言葉や文字でお茶を濁すからです。この前も、「鎌倉でお茶の講演会をやってきたんだ」と自慢していました。

そんな夫婦と知り合ったのは、カメラ倶楽部の会合でした。みんながみんな古いカメラやレンズなどを持ってきては見せ合い、自慢するような倶楽部です。何も持ってこなかったのはその夫婦だけで、こちらも自慢の一品を持っていきました。するとその夫婦は、ふたりでそのカメラの説明や解説をし出したのです。そして挙げ句の果てには、これがこのカメラで撮った写真ですと自分たちの娘が部屋の中で遊んでいる写真を見せたのです。みんなは「ホーッ」と感心したように写真を眺め回します。手に入れてから一度もそのカメラでは写真を撮ったこともなく、一体この夫婦は何を考えているのだろうと思っていると、Sさんが近くに寄ってきて、耳元でこう呟くのです。

「君、僕の家にはいろいろなカメラがあって、実はこのカメラも持っているんだよ。みんなが自慢するようなやつはみんな揃っていて、持ってくるのが面倒だから、ま、こうして勝手に説明してしまったのさ」

「でも、おっしゃっていたことは全部出鱈目でしたよ。だいたいあれはドイツ製ではなくアメリカ製なんですから」

「いいんだよ、どうせみんなわかりっこないんだから」

「それではあんまりひどいんじゃないんですか」

「いや、ひどいのは彼らの方で、知ったかぶりばかりしていて、ほら、何の質問もなくカメラや写真を覗き込んでいるじゃないか」

そんな話をしている途中で、Tさんが、「もう帰りましょう」と口を挟みました。するとSさんは、「そうだね、そろそろ帰ろうか」と腰を上げながら、「ああ君、明日、本物のパエリアを作るから家に食べにおいでよ」と言ったのです。何だか胡散臭かったのですが、興味はあったので、次の日、お宅に伺ってみると、古い洋館を細かく仕切って改造したようなアパートの二十畳ぐらいの一室が夫婦の家でした。そこに、娘と三人で暮らしていています。持って行ったビールをSさんがゴクゴクと飲んで、「今日はパエリアの日でしたね」とTさんに言うと、「そうですね」とドアを開け、共同の炊事場の方へ歩いて行きました。しばらくすると、Tさんが「今日は良くできたって言ってました」と、サフランの香りに包まれたような、海老やムール貝などがふんだんに乗っているパエリアの大きな鍋を両手で抱えて持ってきました。「どうしたんですか」と驚いて聞いてみると、Sさんが、「ここにはいろいろな人が住んでいて、今日はスペイン人の番なんだよ」とビールをゴクンと飲んで言いました。

その夫婦は、昨日旅に出ました。娘が高校を卒業して、これからはひとりで生きていくと宣言したので、夫婦はこれでお荷物がなくなったと喜んで各々中古のカメラを首に下げて飛行場に向かう電車に乗ったのです。出かける前、Sさんが、「君、こんな言葉を知ってるかい、地上とは思い出ならずやというやつ、今度会ったらそんな話を聞かせるよ、Tもずっと前にそんな言葉を聞いたことがあるって言ってたから、ちょっと砂漠でも見物してくるつもりだよ」と電話をくれました。その言葉はこちらも知っていました。三十年ぐらい前に、よく読んでいた作家の言葉です。そして、その言葉の意味を知りたくて、いまもまだ悩んでいるのです。その夫婦は写真家ですが、写真には写らない多くのことをよく観察し、それをいつも楽しんでいるようです。

ディボース

「おい、浜辺まで出て来いよ。近くを走っているんだ」

半年前に別れた夫の声が聞こえた。ヨットの上から携帯電話でかけてきたのだ。

紗織の家は砂浜まで歩いて十秒ほどのところにあった。十年前に結婚し森戸海岸に小さな一軒家を借りた。

大学のヨット部員だったタツローは、大学を卒業しても毎日ヨットに乗る生活を続けていた。お金持ちの先輩や企業のスポンサーの付いたヨットのクルーになり、世界中のヨットレースに出場しては、小遣い程度のお金をもらい、それでなんとか生活をしのいでいた。レースのある場所までヨットを回航させ、レースを行い、またもとの場所まで運んで来ると、それだけで一ヵ月も二ヵ月も過ごせたから、その頃はお金はあまり使わないでも過ごすことができた。

紗織がタツローと知り合ったのは、オーディオ・メーカーの主催するハワイでのヨットレースの前夜祭だった。彼女はそのパーティ会場で通訳を兼ねたコンパニオンのような仕事をしていて、レースに参加していたタツローと会ったのだ。パーティの終わったあと、ホテルのラウンジでデートし、日本に帰ってからの連絡先を教え合った。

紗織はハワイで生まれ育ったが、カルフォルニアの大学を卒業後、日本文学を研究するために東京の大学の大学院に進んだ。たまたま実家に帰っていた時にアルバイトをしないかと友人に誘われたので、レースの期間だけ仕事をすることになったのだ。

日焼けして、はきはきとしていて、スポーツマン特有のすきっとした男らしさを感じさせるタツローに紗織は一目惚れした。タツローも、いつも旅の続くあてのない生活をしていることもあり、ハワイ生まれの日本人という紗織のどことなくあやふやな存在に魅力を感じた。パーティで会った時、タツローは英語で紗織に話しかけた。お互いに英語で軽い冗談を交わしたが、すぐに日本人同士ということがわかり打ち解け合ったのだ。

レースが終わり日本に帰ると、ふたりは頻繁に会うようになり、二年後、紗織が大学院を卒業するとタツローは結婚を申し込んだ。

他の国のクルーのように日本にはプロとして契約しレースに出場するような状況はまだ確立されていなかったので、タツローはヨットレースだけでは生活ができないと、ヨットのセール・メーカーに就職し、セールのデザインや性能テストなどをするような仕事に就いた。会社は逗子マリーナのそばにあったから、ふたりで海のそばに住むことに決めた。

紗織は自宅でもできるような仕事を探した。一番楽な仕事は通訳の仕事だった。しかしそれも毎日はなかったし、何日も出張するような仕事は断った。それで翻訳の仕事をしようと、出版社が出版を検討するために洋書を読み、粗筋みたいなものを作るリーディングの仕事や下訳、それにハーレクインロマンスの翻訳などの仕事もするようになった。

　タツローとの結婚生活は楽しかった。湘南にはタツローのヨット仲間がたくさんいたから、夏になるとヨットに乗ったり、釣りをしたり、浜辺に寝転んでいても、毎日がパーティのようだった。ハワイに住んでいた時、紗織は海にほとんど行ったことがなかった。たまに知り合いが日本から来ると案内する程度で、日焼けすることも、浜辺に行くのもただ暑いだけで嫌いだった。タツローは会社に勤めていても、ヨットレースにはときどき出場していた。自分の実力がある程度わかっていても、世界を股にかけたヨットレースにはまだまだ魅力を感じていたし、もっと上のランクを目指したかった。

　結婚して何年か経つと紗織の仕事が忙しくなった。タツローがいてくれたお陰で、専門用語の多い、海やヨットなどに関係した翻訳の仕事が増え、そのうちの何冊かが紗織の翻訳で出版され、売れ行きの好調な本もあった。収入も同時に増え、紗織はタツローの不安定な収入をあてにせず、自分の収入だけでなんとかやっていけるだけの自信もついた。

　その頃、タツローは会社をやめ、昔のようにヨットレースに専念し始めた。新しいスポンサーが見つかり、ボースンとしてタツローはクルーの取りまとめなどを含め、スポンサーのヨットが出場するレースのすべてを任されたのだ。結婚してからもタツローは仕事で海外にはよく出かけていたが、長期間ということはなかった。しかし、そうなるとほとんど家には帰らなくなった。海外から帰ってきても、練習やクルーの面倒を見るので忙しかったのだ。

　最初の頃、紗織はタツローが家にいないことを喜んだ。面倒がかからないし、じっくりと腰をすえて仕事ができたからだ。だが、二年もタツローのいない生活が続くと、不安が募った。タツローは久しぶりに帰ってきてもすぐに出かけてしまうし、家にずっと閉じこもっている紗織は精神的にも不安定なものを覚えたのだ。しかし、タツローのスポンサーがヨットレースから身を引くと同時に、そんな生活も終わった。そして、再びタツローは元の会社に戻り、以前と同じような暮らしになった。でも、紗織の仕事は相変わらず忙しかったから、今度は逆にタツローの方が悩むことの方が多くなった。紗織は着実にキャリアを重ね、翻訳家として名前を知られるようになっていったが、タツローは歳を取ることによって、ヨットレースの世界からは外れていった。体力的な衰えと共に、レースに出場するにはスキッパーかタクティシャンのような頭脳的な部分でしか参加できなくなってきたのだ。

先に離婚しようと言い出したのはタツローの方だった。紗織はその意味がわからなかった。いったい何で？　というのが最初の印象だった。タツローはもう一度自分をやり直したいからだと言った。年齢的にも最後のチャンスで、最後の夢を見たかったのだ。それには紗織の仕事やそれに支えられた生活が憂鬱だった。何もない自分が素裸の状態で始めたかったのだ。その時タツローにはヨット以外のことでもいいという気持ちがあった。とにかく、このまま歳を取っていっても自分には何もないということが悔しかったのだ。国内のレースでそこそこの業績があっても、海外ではまだまだ実力の差があることを実感していた。だから最初に戻りたかった。戻ったところで何かを始めたかったのだ。紗織はなぜそれを自分と一緒にできないのだろうかと思った。協力できることは何でもするつもりがあったし、一緒にやろうと言ってくれれば、もっと嬉しくもあった。だが、そう思った時、もう自分は必要がないのだと感じた。紗織は悔しかった。いままでじっと支えてきたものがすべて壊れてしまったような気がした。最初から、夫婦でいることの意味などなかった生活だったのだと思った。

タツローは自分の荷物を整理し、近所に借りたアパートに引っ越した。紗織もしばらくしてからやっと気持ちの整理がつき、離婚に同意した。

それから半年、ときどきタツローが電話してきたから、その後の仕事のことなどはわかっていた。結局、やり直すといっても、ヨットの世界からは離れられず、以前と同じようなことをしていた。ただ、何かが楽になったのかも知れない。電話で聞く声が暗い時もあったが、以前よりずっとよく喋るようになった。紗織はまだ別れたことに疑問を持っていた。こんなことなら離婚しなくても一緒だと思ったし、別れてタツローが何か新しいものを見つけたような気配もなかったからだ。それに、お互いに嫌いということではなかったのだ。電話で話していても、長い間夫婦だった暗黙の信頼みたいなものは感じた。ただ、会いたいという気持ちにはなれなかった。会うと離婚した時のタツローの顔や態度を思い出すし、その時の辛い思いを再び繰り返したくはなかった。

　初夏の天気の良い朝だった。かつての夫からの電話は弾んでいた。楽しそうに浜まで出て来いというのだった。明るい声に押され浜に出てみると、三十フィートぐらいの真新しいクルーザーがセールを太陽にきらきら反射させながら浜辺に近づいてきた。舳先《へさき》で手を振っているのがタツローだった。紗織も思わず手を振った。紗織は手を振っているうちに涙が出てきた。いままでも、いつもタツローの帰りを待っているような生活が続いて、勝手に別れると言っておいて、それでもこうして手なんか振って、そんな自分が惨めになった。陸にいる時は元気がないくせに、ああしてヨットに乗ると、あいつはいつも自分だけいい格好ばかりしてた。そして、そんなタツローがやっぱりいまも好きだったのだ。紗織は遠ざかっていくヨットに涙を流しながらまだ手を振っていた。離婚しようと決めた時、紗織もまた物分かりが良すぎた。いろいろ考えることはあっても、特別泣き喚くでもなく、逆にタツローの話をじっくりと聞いたりもしてしまったのだ。でも、いまになって紗織は本当に泣きたかった。自分がいままで何とか冷静な気持ちを守っていたものがなくなり、正直な気持ちが一気に吹き出した。でもその二日後、タツローは紗織のところにやって来て、「またやり直せるかな」とポツンと言った。紗織が、「ひとりでやり直すんじゃなかったの」と聞くと、「ひとりじゃもうやり直すことなんてできなかった」と答えた。タツローのそんな言葉は淋しかったが、紗織はほっとしたような気持ちにもなった。

オムライス

マスターは店のアルバイトの女性からオム成金と呼ばれていた。鎌倉で喫茶店を始めてから二年が過ぎ、ようやく店の経営もなんとか軌道に乗り始めた頃、店のいくつかある軽食のメニューの中のひとつだったオムライスが異常なほどの人気を得てしまったのだ。

観光客の多い鎌倉は、「Hanako」のような雑誌に毎年何度か取り上げられ、観光名所や店がそのたびに紹介される。彼の店は鎌倉でも若い人たちの集まる洒落た雰囲気があったから、雑誌やその特集の内容が変わっても、鎌倉が紹介される限り、行ってみたい店のひとつに必ず取り上げられた。たいてい、その店はどんな感じで、こんなメニューがありますという記事だった。最初の頃は、お茶とケーキなどを撮影してもらい、店内の写真と共に掲載されるということがほとんどだった。だが、それも何度ともなると、いつも同じじゃつまらないと、常連客に人気のあったオムライスを載せることにした。最初はそれほど効果があったとは思わなかったが、そんなことを何度か続けているうちに、口コミでもオムライスの評判が伝わるようになり、半年前からはまるでオムライス屋になったかのように、来る客来る客がオムライスを注文した。確かに、その店のオムライスは独特のものがあった。チーズをふんだんに使った卵焼きに包まれたチキンライスはボリュームがあり、クリーミーな味わいが食欲をそそった。店をオープンする時に、厨房をまかなっている母と店を手伝ってくれていた料理研究家の女性と三人で考えたものだった。お洒落な雰囲気の店にしたかったからご飯ものはどうかと思ったが、サンドイッチなどよりも材料のリスクが少なく、しっかりと食べられるので、ランチ代わりにもなると思いメニューに加えることにしたのだ。もうひとつの自信作にハヤシライスというのもあったが、オムライスと同じように雑誌に紹介されても、こちらの方は地味な人気を保つ程度でそれほどの評判にはならなかった。

観光客の多い季節の日曜日や祝日はただでさえ店は混雑したが、それにオムライスの注文が数多く加わったから厨房は大変だった。一日中フライパンと格闘しなければならなかった。そのほとんどを母が受け持ったので、評判になってから一ヵ月もすると肩は凝るし手首は軽い腱鞘炎《けんしょうえん》になってしまうほどだった。それでも夕方になると母はその仕事から解放された。用意した材料がすべて無くなってしまうからだ。そして店の売り上げも以前より格段と伸びた。それまでどんなに頑張っても売り上げはこんなものだと、店の限界のようなものを内心感じていて、アルバイトの給料や店の賃料や材料費を払ってしまうと利益はほとんど出なかった。でも、オムライスのお陰で毎日の仕事は大変だったが、金銭的にはちょっと余裕が出てきた。それで、マスターは二年振りの休暇も兼ねての旅行に行くことにした。行き先はフランスとスペインとポルトガルで、店の新しい食器を探したり、新しいメニューを考えたりする、ヨーロッパのカフェの視察という名目を、母やアルバイトの人たちの手前一応つけた。しかし、本当はただ旅がしたかった。毎日店にいるといろいろな人たちが来ていろいろな話をして帰っていく。ときどき、自分だけ同じところにとどまっていて、永遠に喫茶店の中に閉じこめられた生活が続くんじゃないだろうかと思ったりしてしまう。客の話ばかり聞いて、自分は何も知らないうちに歳を取っていってしまうのだろうかと滅入ることもあった。だから、店も鎌倉も飛び出して、ふらふらと旅行がしたかった。そして、やっと実行できると思って十日ほど店を空けることにした。何日か店も閉めることにして母にもゆっくりと休んで欲しかった。

日程が決まるとマスターはカウンターの中でいつもニコニコしていた。旅先に行ったことのある客が来ると楽しそうに、どんなところに行ったら面白いか話を聞いたりした。そしてみんなも、「いいね」と喜んでくれた。ときどき、「余裕だね、儲かってるんだね」なんて言われると、「お陰さまで」と言いながら嬉しい気持ちを隠せなかった。そんな毎日が続くと、アルバイトの女性から、「マスター、オム成金ですから」と馴染みの客と旅の話で盛り上がっていると、決まって言われるようになった。

「何？　オム成金って」

「オムライス成金ってことなんですよ。最近アルバイトの人にそう言われるようになっちゃって困ってるんですよ」

マスターはそう聞かれるたびに照れながら答えた。

いつまでもオムライスの人気が続くとは思わなかったが、アルバイトの女性に冗談混じりにオム成金と言われた時、マスターはほっと肩の荷が降りたような気がした。店を始めてから二年目でやっと一段落したように思えたからだ。そしてこれから先、店を続けていくためにも気持ちをリフレッシュしたかった。店を休むのは不安だったが、疲れてこのまま続けるよりも、新しい気持ちでやり直すにはいい機会だったし、オムライス専門店の成金とは別の成金と呼ばれるようなものをこれからも探していかないと、きっとまた同じ悩みを抱えていくことになるだろうとも思った。たかが喫茶店といえども進歩する。マスターの頭の中にそんな言葉がよぎった。それは新しいメニューを考えるとかいったこととは別に、自分自身も新しい生き方や考え方を探し出さなければ、自分が最初に抱いていた夢も本当には見えてはこないということでもあった。

A LA
MARCHE

DROGUERIE

BÉNET

BEARSVILLE

ガレージセール

会ってもほとんど口をきかず、昼間はいつも陽当たりの悪い二階の四畳半で寝ていて、どこへ行くにも、走行距離が二十万キロになろうとしているファミリアのエンジンを無二の親友のようにきまって始動させる。

彼は熊を作っている。夕方、彼は一ミリの厚さの焦茶のフェルトに鋏を入れる。何度も鉛筆で線を引き直し薄汚れたぺらぺらの型紙をあて、ゆっくりと小さなカーヴを切っていく。チャコでフェルトに型紙の線を引いたりはしない。鋏の調子やその日の気分で切ることによりできあがりの味わいが違ってくる。型紙はあくまでも目安にしかすぎない。片側が終わるとそれを重ねてもう一方を切る。頭、胴、手、足。それが終わると白いフェルトを出して小さな円をふたつ、黒いフェルトも出してそれよりひとまわり小さな円を切り、クリクリの目を作る。そして半円の耳の内側も作り、爪のアクセントをつける為に十五センチほど紐のように細く切ったものも用意しておく。

　彼は神戸に三軒の支店を持つ本屋の息子だった。祖父は本屋を営みながらも豆本を丹念に作り続け、全国の好事家《こうずか》の間では名の知られた人物だった。だが、その後を継ぐものはなく、十年ほど前に亡くなった祖父の豆本は居間の飾り棚にほんの少し置かれているだけで残りは倉の奥にしまい込まれたままだった。姉と妹の間で育った彼は本屋の長男にもかかわらず本を読むことは苦手で、興味のある本は自分では読まず、本の好きなガールフレンドに渡し、読んだ後、感想を聞くといったことでその内容を把握していた。

　裏返したりパンヤを入れるための隙間を五センチほど残して胴の部分を縫い終わると頭と耳の部分に取りかかる。小さな部分は縫いしろを両手でしっかりと押さえ注意深くミシンのフットスイッチを踏む。ジャジャ、ジャジャジャジャジャッとそれでも行きつくところまで一気に縫う。その瞬間というか間合いが大事で、タイミングを外すと小さなカーヴの筈《はず》が直線になってしまい外にはみ出したり内側に縫い込んでしまう。しかし、どうしてもミシンではできそうもないところは手で縫うことになる。耳や手足の付け根や手先、足先などができない。でも、それを手で縫うのは楽しい。初めてそこでその縫いぐるみに自分の意志が入るような気がしてくるからだ。丹念にちくちくと縫い始めると時間を忘れる。好きな音楽のCDを何枚もかけ替える。テクノ全盛時代に思春期を過ごしたせいか、クラフトワークをこのところまた聴き返したりしている。

腕や足がくるくると回るようにするためには、縫いぐるみ専用の取り付け金具が必要だが、これが結構面倒で、彼は好きになれない。また、なにも腕や足が動かなくても良いのだとも思っていた。もっとも、好きなポジションに糸で縫い付けておけば、いつも完璧な形で置いておくことができる。ボアや綿のギンガム・チェック、ストライプ柄などの生地で作る場合もあるが、それだとなんだか誰が作っても一緒のように思えた。だから、彼はフェルトにこだわった。色が豊富に揃えられることも嬉しかった。水色でも緑でも、どんな色の態があっても良いのだし、試みてみると新しい発見もあった。

祖父の豆本は学生時代、仲間たちには予想以上に人気があった。その趣味性も高く評価され、自分たちでも作ってみようという話が何度もでたりした。祖父の豆本の多くは私家版の自費制作で、本を作ってみたいという人が自分で文章を書き、それに挿画を入れたりして五センチほどの本に仕上げるというものだった。もちろん、名の知れた文芸書もあったが、祖父のもっとも得意としたのは、他愛無くとも個人が一生懸命書き上げたものを、こぢんまり清楚に仕上げ、ひとつのオブジェのようなものにまとめるということにあった。だから、内容はなんだかひとりよがりの勝手な美術論だったり、すっきりしない小説や童話だったりしたが、その全体の雰囲気は表情があり、装丁の冴えみたいなものを感じさせた。それは決して大きなサイズの本では表現できないものであった。なぜなら、大きかったら、どんなに装丁を立派にしてもただのつまらない本でしかなかったからだ。小さく可愛く素敵にまとめることによってのみしか表現できない、庶民的でひそかな文化世界だったのである。

　豆本を再び作ろうにも、手動の製本機も印刷機もすべてが倉の中に二十年以上も眠らされたままだった。学生時代の夏休み、彼は一度倉の中を覗いてみた。そこは祖父のアトリエでもあった。小学生の頃までは、夜遅くまでじっとこもって仕事をしている祖父の姿があったことを彼は覚えていた。しかし、そこはテレビの時代劇で見た牢屋のように思えてならなかった。だから、あまり近づくこともなく、また、祖父に甘えるということもなかった。父が死んでから、母が本屋の仕事を引継ぎ忙しくなったため、いつも妹と共に姉の後にくっついて遊んでばかりいた。

　改めて祖父のいた場所を見回していると、祖父のいた時間の名残りがまだあった。すべてが埃にまみれてはいたが、祖父の机は動かされる事なく、もとの場所そのままにあった。ダンボール箱などを押し退《の》けて、引き出しを開けてみると、祖父の使っていたペンや不揃いの色鉛筆、切り出しナイフなどがごちゃごちゃになっている文具に交じって、無造作に束ねられたメモ用紙のようなものが出てきた。パラパラとめくってみると色鉛筆で様々な格子縞の直線や曲線が引かれていた。何を意味しているのかはわからなかったが、彼はそれだけを手にして倉を出た。そして、自室で紙に文様をまねて描いてみた。描きだしてみると、面白いようにバランスの取れた色と線だと思えてきた。そしてそれはいつも自分が絵を描くときの色や形にも近いものだった。祖父と自分の類似性をそこに発見せざるを得ないほど似ていた。試しに自分勝手な格子縞でフォルムを描いてみると、ほぼ同じような色と線のものを発見することができた。

　彼が熊を作るようになったのは美大を卒業してからのことだ。もっとも、卒業後も彼は学生時代とまったく同じような生活をしていた。特に就職を希望していたわけでもなく、自分で何かやりたいことを探すわけでもなかった。ときたま人に勧められるとアルバイト程度の仕事はしたが、長くは続かなかった。彼は学生の時からずっと家にいた。家賃三万五千円の古ぼけたアパートだったが、間取りは一階が六畳と四畳半ほどの台所、二階にも四畳半の部屋があった。その部屋で彼は絵を描いていた。しかし、それを発表するということはなかった。だが、三号ほどの小さなキャンバスに丹念に描かれた心象風景のような絵は、ポップな感じの、色にも線にも優しい明るさがあった。本好きのガールフレンドが時折彼の家を訪ねては、その絵を持って帰っていった。彼は一枚の絵を仕上げるのに一週間以上もかかった。それほど時間のかかるものではなさそうなのだが、見ているとイライラするほど描きだすのも考えているのも長かった。そんな生活が卒業後二、三年続いた。

　彼の絵は値段は安かったが学校の友人たちのまわりで売れた。それで生活するのは無理だったが、車のガソリン代や小遣い程度にはなった。ある日、いつものように彼女がやって来ると、彼女は彼に「ねえ、熊作ってよ」と言った。

彼は何日もかけて一匹の熊の絵を描いた。すると、「絵じゃなくて、縫いぐるみよ」と言われた。熊の絵はくにゃくにゃしてテディ・ベアを細長く変形させたようなフォルムで、楽しい森の中で踊っているようにも見えた。「こんな感じの熊、作ってよ」。彼女は絵も楽しいけれど、どうしても立体のものが欲しいと言った。彼はいままでそんなものは作ったことがないから、返事に困っていたら、作り方を教えると言った。次の日、彼女は材料を持って現われ、彼の前で作って見せた。「それでいいじゃない」と言うと、「あなたのじゃなくちゃ駄目なのよ」と言った。そして、また何日もかけて一匹の黒い熊を作った。それは絵と同じようなフォルムの熊だったから、目も鼻も頭も手も足も変だった。でも、変だけれど可愛かった。彼女は満足して、それを大事に抱えて持って帰った。いままでで一番大事そうに持って帰ったような気がした。

それから彼は絵を描くのをやめて熊を作り出した。手で縫っていると縫い目がうまく揃わないからとミシンを借り、素材もいろいろと試して、いまのスタイルに落ち着いた。

彼は、一日一個のペースを目標とした。絵を描くより熊を作る方が面白かった。自分の気持ちのまま自由自在に作れるような気がしたし、できた上がったとき、小さな生命が宿っているような気にもなった。やがて、彼は「熊あります」という看板を鎌倉山の自宅のガレージに下げるようになった。自分の赤い車のボンネットに今まで作った熊を並べ、二日か三日毎にシャッターを上げて店を出した。チェックの柄のコーヒーポットと椅子と膝掛けを持って、ガレージの前にのんびり座っていた。値段は三千八百円。店を開けると一時間か二時間で一個売れた。口コミで遠くから買いに来る人もいた。もっとも、熊はいつも五個ぐらいしかなかった。

彼はミシンをかけながらときどき祖父のことを思った。実家から、いつまでもそんな生活をしていないで家業を手伝ってくれと何度も言われてきた。しかし、彼は熊を作り出してからもう五年にもなる。一体いくつ作ったかも忘れたが、まだ楽しかった。

祖父は倉の中にいた。祖父も本屋の仕事はたぶんしていなかった。していたような記憶がない。祖母が取り仕切っていたのだろうか。自分も本屋を継ぐつもりはなかった。このまま熊を作り続けていたかった。これから先のことなど彼は考えなかった。ただ熊を作る毎日が良かったのだ。最近彼は新しい実験を試みた。熊も空を飛ぶかもしれないと背中に羽を付けたのだ。天使のような熊。だが、それは可愛くないと彼女にあっさりと拒否されてしまった。だからまた、今までと同じような熊を作ることにした。ときどき、こうだったらとかああだったらとか思うが、やっぱり熊はこの熊でいいのだと思った。昨日は彼女とピクニックに行った。

「あなたの熊、あんな雲みたいに、いろんな人の部屋の中でふわふわ浮いているのよ、きっと」

砂浜に寝転んで、彼女はそんなことを言った。

アメリカンキルト

　サキちゃんには思い込んでいるものがたくさんありました。それは、彼女が鎌倉に生まれ育ったということがもとになっています。自分が暮らしているところが一番素敵で楽しいという自負があったからです。だから彼女は、青山にある会社にも、鎌倉の自宅から、朝、早起きして一生懸命通いました。そして、どんなに遅くなっても無理して帰って来て、やっぱりこっちの空気は違うと、緑と海の匂いの混ざった空気をいっぱい吸い込んで、納得したり満足したりするのです。サキちゃんの家は、お父さんもお母さんも鎌倉の出身で、お爺ちゃんお婆ちゃんも、稲村ヶ崎や雪ノ下に住んでいます。サキちゃんにとって鎌倉は自分の庭のようなものでした。だから、鎌倉やその周辺については知らないことはなかったのです。有名な神社仏閣といった所には子供の頃から馴染んでいたし、サーファーの同級生や友人もたくさんいました。でも、一番熱心なのは地元ならではの自慢で、由比ヶ浜通りにあるアジア商会には東京では売っていないようなものを売っているとか、子供の頃からあった逗子のケーキ屋のロールケーキがとっても美味しいといったことを、力いっぱい友人たちに説明します。そんな話を聞かされると大抵の人は一度は鎌倉で遊んでみたいと思ってしまうので、サキちゃんの家には毎週いろいろな人がやって来ました。サキちゃんもご馳走を用意したり、海の見える気持ちの好いカフェに連れて行ったりと、とくに夏の週末は忙しかったのです。

サキちゃんの望んでいたことは、鎌倉ならではの生活をこれからもずっと続けていきたいということでした。海があり山もあるという環境の中で、お金持ちでなくとも、のんびりと優雅で素敵な生活をしていたいということです。彼女は、そういった生活を自分なりのものとして築きたいと、子供の頃から考えていました。だから、着るものや食べるもの、インテリアや食器など、いろいろとこだわってみたり、勉強もしてきたのです。

鎌倉には明治以降からの別荘文化のようなものが根強く残っています。夏に、静かで快適な海浜の生活を求めた外国人や文化人などが、新しい生活スタイルを持ち込んで少しずつ定着させてきたのです。それはいまでも静かに受け継がれています。サキちゃんはそんな生活文化にも憧れていました。つい最近まで、日本の文化を部分的にはリードしてきたということもあったのです。なにしろ、いち早く西洋的なものを数多く受け入れ、それを生活や遊びに活かしていたのですから。海と山の環境を取り込んだ和洋折衷の素敵な生活を具体的に描くことができたのです。サキちゃんはそういった意味では、鎌倉の生活文化の継承者でもあったのです。

サキちゃんは、お爺さんの代からのものを大切にしていました。父の実家でもある、海の見える芝生の庭で、お婆ちゃんが昔から持っている、ビーズの刺繍の付いた黒のカシミアのカーディガンを着て犬の世話をする姿を眺めていると、心から幸せだなと思えたりするのです。また、クリスマスの日にはアメリカ人の奥さんをもらった伯父さんの家に、昔から必ずみんなで集まっては七面鳥を食べるのが習慣になっていて、二十歳を過ぎてからは参加するのが結構面倒臭いと思い始めましたが、それがいずれ無くなってしまうかもしれないと考えるのは淋しいことでした。サキちゃんは、古くても良いものは良いということをそんなところからも学んでいたのです。何気ないものでも、ゆったりとした生活や時間の中で生き続けているものが素晴らしいんだということです。

ある日、青山の骨董屋で、スージー・クーパーの絵の付いたティーセットを見つけました。それは、とても高くて、相当無理しないと彼女には買うことができません。でも、見れば見るほど気に入ってしまい、売れてしまってはいないかと、何度かその店に足を運んでは眺めていたのです。そのうち店の人がサキちゃんに声をかけました。これは、カップ&ソーサーが一客欠けているから、そんなに気に入っているなら安くしてあげますと言ってくれたのです。サキちゃんは喜んで、値段の交渉をして、給料日にいさんで引き取りに行きました。そしてそれは、サキちゃんにとって自分で選んで、自分で手に入れた最初の宝物になりました。

サキちゃんは、高校生の頃、アメリカンキルトを習い、慣れてくると、その道具を買って、ベッドカバーのような大きなキルトを作り始めました。小さな布を丹念に手で縫い、それを繋ぎ合わせて、多彩な幾何学模様に仕上げていくのですが、本当に手間のかかる大きなものを作ろうとしたから、もう六年も取り組んでいるはずなのに、まだ半分もでき上がってはいません。もっとも、長い間、あまり熱心とはいえない時期もあり、暇なときにこつこつとゆっくり時間をかけて、一生に一枚もできればいいなんて本人は気楽に考えていました。

夏になると、サキちゃんはときどき早起きをして、浜辺を散歩したり、海でひと泳ぎしてから会社にいくということがひそかな楽しみになります。これは気分も爽快で、海のそばに住んでいなければ絶対にできないという優越感にもこっそり浸れます。昨年の夏のそんな朝、サキちゃんはクマの縫いぐるみを砂浜で拾いました。テディ・ベアには関心があったので、手に取ってみると、そのクマがそれなりの味を持っているものだというのが、砂まみれになっていてもわかりました。波打ち際で砂を落として、家に持って帰り、ぬるま湯でシャンプーして乾かすと、フェイク・ファーの毛足も長く、手作りのちょっといじわるな感じの顔をした、雰囲気も最高のテディ・ベアでした。サキちゃんはそんなものがどうして砂浜にあったのか不思議でした。でも、もし誰かが落としたのだとしたら、きっとものすごく愛着のあるものだろうなと思い、次の日、交番に届けても相手にされないかもしれないので、紙に絵を描いて、こんなクマを拾いましたから落とした方は御連絡下さいと、知り合いの喫茶店の電話番号を書いたものを海岸のコンクリートの壁に貼っておきました。しかし、その紙が台風で吹き飛ばされるまで何の連絡もありませんでした。その頃にはサキちゃんもそのクマにすっかり愛着を感じていて、落し主なんか現われない方がいいなんてことも思っていたので、その紙が吹き飛ばされたとき、この子はもう私のものだという安心感がありました。そしてそれがサキちゃんのふたつ目の宝物になりました。

サキちゃんは現在、結婚して東京に住んでいます。ご主人の仕事の都合でどうしても都内でなければならなかったのです。ときどき、実家に戻っては、早くこっちに住める日が来るといいのになと愚痴をこぼします。でも、お腹の中に子供がいて、サキちゃんはいまやっと落ち着いて、幸せな気持ちでアメリカンキルトに取り組んでもいられるのです。どんな子供が生まれるのか、そしてどんな風に育てようとか、いろいろなことを考えながら、小さな布に針を刺していきます。そして、この子が大きくなったら、スージー・クーパーのティーセットとテディ・ベアとこのキルトを、女の子だったらお嫁にいくときに、男の子だったらその奥さんに、母からの贈り物として渡したいなんて思っていました。

ブックストア

いつも熊の本を並べてはフーッと溜め息をついて窓の外を眺める。犬の本もインテリアの本も、画集も写真集もあるのだが、彼女はいつも熊の本にかぎって並べ終わるとフーッと溜め息をついてしまう。

赤坂のテレビ局の裏手のきつい坂道を登り切ったところにある小さな洋書店を任されるようになって三年目が過ぎ、ようやく自分の仕入れた本がある程度、在庫も残さずに売れるようになった頃だ。

エスプレッソのマシンがあって、ときおり暇つぶしと新しい本をチェックしようとやって来る人たちに、快く小さなカップに注ぐ。カウンター越しに腰かけて、新しい本の話や世間話などもする。彼女は飾り気のないシンプルなスタイルを持っていて、着るものも、化粧も、生活も素朴さを感じさせる。前髪を少し揃えただけで長い髪をいつも背中にナチュラルに下ろしているし、いつも茶のクラークスのデザートブーツか黒のローファーを履いていて、冬は綿のシャツにシェットランド・ウールの丸首のセーターを着ていた。睫毛が長くてクリクリとした眼は、ペコちゃん人形が大人になったみたいな印象で、誰にでも親しみを感じさせる。

でも、彼女の容姿の中で一番美しいのは足。痩せすぎてはいないが、ほっそりと長く、しっかりと動いている形の良い足は、どうでもよいと考えているのは本人だけで、本当に素晴らしいと誰もが思う。外国の本屋で、可動式のハシゴに昇って棚の上の方の本を探す女性の足を、老眼鏡をずらした上目使いのオッサンがじっと眺めている、なんていう光景を映画かなんかで見たことがあるが、まさに彼女はそんなことのためにその洋書店にいるのではないかと思ったりしてしまう。しかし彼女はあまり足を見せない。いつもコーデュロイのパンツかジーンズで、スカートを穿いていることは滅多にない。だから、本当の美しさを知っている人は少ない。

彼女の最近の関心事は、本がたくさん売れて、お金が儲かるということだ。通信販売の本に彼女の選んだ本を紹介してみたら、思った以上に売れた。そしてそれが商売の快感だと思えるようになった。だから、単純に、自分はけっこう商売に向いているのではないかとも考えるようになった。

店には彼女の誰にでも優しい性格やセンスの良い情報をあてにして、マスコミ関係、特に雑誌関係者が多く、編集者やスタイリストといった人たちが毎日のようにやって来る。洋書店というと、どこかインテリ風な匂いがあり、英語とか本の知識のない人は関係ないでしょうといった雰囲気があるが、ここにはそんなものはない。だいたい彼女にしたって、それほどの知識や興味があって勤め始めたわけではない。ただの成り行き。だから、彼女の本についての関心は普通の女の子と一緒で、美しかったり、可愛かったり、楽しかったり、夢があったりすれば良いのだ。わからないときは、その道の専門家の話に耳を傾け、友人たちとも一緒になって、売りたい本や紹介したい本をわいわい探す。もちろん、もう三年目だから、独自の勘みたいなものもあれば様々なネットワークもできた。そんなだから、自分たちの身の回りのことで関心のある事柄に関しての本は他のどんな洋書店よりもコンパクトにまとまっているし、自然と店は彼女の好みの情報がいっぱい詰まっているような場所になった。彼女と同じような嗜好で、シンプルで素敵なものだけを求めている人たちにとっても、この店だけが都内で唯一のアットホームな匂いを持った空間だという認識のされ方をしている。だから、雑誌などにもよく紹介され、本を買うというより、その店の雰囲気を味わいに来る人も最近は多くなった。

たぶん、洋服や雑貨などの店でなく、そこが洋書店だったのが良かったのだと思う。本は参考にしたり眺めたり、みんなで語り合ったりする材料だったりもする。また、持っているだけで嬉しいということもある。ここには、実際の衣食住には、関係がありそうでないものばかりが揃っているのだ。だから、ただ単に可愛いというだけでなく、趣味性のあるものを整理して置くことができる。洋服や雑貨などとは違い、個人個人の生活の中でのリアリティではなく、空想の生活の中でのリアリティだけを存在させることが可能なのだ。例えば、フランスの田舎の生活やスタイルをいくら真似ても、日本的な日常生活に合わないことがたくさんあるが、本の中ならそれが日常としてイメージすることができる。それに、店の内装も外装も、パリの街角にふっとありそうな小さなカフェのようで、洒落たインテリアの本などを開いてみるにはぴったりの雰囲気なのだ。そんな店の感じを感覚的に理解し、揃えられた本から自分の生活の中にうまくチョイスしてみようと思っている人は、余計なものを省き、できるだけシンプルに本の中身を自分の都合だけで知ろうとするから、必要以上のものは無くても十分に間に合う。もちろん、店にはたくさんの本があるが、特別理論的なものは必要ないし、その品揃えは彼女の個人的な趣味だけで十分に可能なことだった。

しかし、彼女にとって、ほんの少しひっかかるものがあった。熊＝クマの本だ。テディ・ベアやクマのプーさんなどに始まって、クマにまつわる本はたくさんある。彼女も決してクマが嫌いというわけではないが、無条件に「カワイイ」とは思ってはいない。だが、たいていの人はクマが好きなのだ。だからどうしても仕入れてしまう。それに、新しいものが出版されると話題にもなる。さっそく仕入れると、雑誌に紹介されたりして、店の宣伝にもなるし、本も売れる。でも、そんな本が、暇なときにいつも外を眺めてしまう窓際に置かなくてはならないということが、やや気に入らない。しかし、売り上げも必要で、任されているといっても経営者ではないのだ。だから彼女は溜め息をつく。彼女の頭の中には、さりげなく置いてあるといった感じがいいんだけどという思いがあるが、仕入れるとき、つい多めに注文してしまう。だいたい、彼女が大好きな犬関係の本は随分と選び抜いてセーブしている。そう思うと、ときどきクマの本を半分以上しまいこんでしまいたくなる。しかし、試みてみると、店の中がどこか味気のない雰囲気に感じてしまう。フラワー・アレンジメントを始め、クジラやイルカなどの動物の本、美しい庭や豪華なインテリア、ホテルなんかの本もあり、色彩やバリエーションは申し分ないのだが、何か足りない。そして、再びクマの本をいろいろ並べ、自宅から持ってきたテディ・ベアの縫いぐるみをそばにちょこんと置くと、やはり落ち着く。でれっとした目で虚空を見つめる縫いぐるみが、たくさんの仲間が描かれている本と一緒にいる。そうすると、自分もみんなと同じにクマが好きなのだと納得してしまったりもする。でも、絶対に多いと思う。だが、ここにやって来る人たちは、誰もそんなことは言わない。みんなこれでいいと思っているのだろうかと少し不安になるが、こうしてクマの本はいつもの位置にしっかりと置かれることになる。今月はクマのポストカードも仕入れてしまった。するとお客さんは、カワイイーとか言って、買ってくれる。結局、一年中クマと付き合っていることになる。でも、まあ、それは彼女のひそかな悩みで、家に帰れば、もう一匹、ちゃんとシュタイフのクマが待っているのだ。

ポストカード

　プリントゴッコでバチャ、バチャと昌子は毎日ポストカードを印刷した。もうすぐ三月になって、そろそろ暖かくなってくるのかなあという頃。大手の広告代理店に入り二十七歳でアートディレクションを任されるようになった茜は、仕事で知り合った仲間と一緒に、春、楽しいピクニックに行くような感じの展覧会を開いてみようと、昨年の暮れ、海の見える小さな空間を会場として借り、その日時も決めてきた。コピーライターの昌子、イラストレーターの早見クロールとチカ。その四人が力を合わせ、仕事をきっちりと分担して楽しくやろうということになった。

　茜がまず内容や方法を考えた。白のフェルトで小さなティーカップとソーサーを作り、それがピッタリと入る白い紙の箱を作る。それがひとつ目。ダージリン、キーマン、ウーロン、アップルなどの紅茶の種類を箱に書いて、こんな気分の時はこんなお茶を飲みたいなんて話や美味しい紅茶の入れ方の説明書を入れる。ふたつ目はやはり白いフェルトで、小さなトートバッグを作る。栞にしたり、手紙の中に入れて送ったりすると楽しい。三つ目はささやかな恋の話の印刷されたリボン。赤と白の二種類あって、話は五つほど作る。

そのリボンで好きな人へのプレゼントなどを包めば、自分では言えないようなことでも、リボンがさりげなく話をしてくれる。そんな感じ。四つ目はポストカード。イラストとシンプルで簡単なメッセージが入っているもの。なるべくたくさん。など。そして、それらを適当な値段で売って経費もなるべくかからないようにしようということだった。

茜はチカの手書きの文字が好きだった。カワイイが子供っぽくなく、優しさがあった。早見クロールは一筆書きのようなラインで朴訥な感じのするシンプルな絵が得意だ。昌子は少ない文字で単純だが女らしい味わいを感じさせる文章を書く。茜は仕事の合間に、彼女たちと打ち合せをし、指示を出す。印刷はすべてプリントゴッコだから、ベタの面が多いと、安っぽくなるし、あまり綺麗にできないかもしれないから、できれば線だけでまとめる。そして、基本は白い面に赤。それだけ。

まず、茜が素材を集めた。フェルト、リボン、ポストカード用の紙など。そしてサンプルを作った。白いフェルトを丸めて、接着剤でとめてみて、大きさや雰囲気を考え、OKなら、もう一度分解して、型紙を作り、文字の入る位置などを決める。

昌子にはシンプルな言葉をできるだけ多く考えるという仕事があった。ポストカード用のは、ありがとう、ごめんごめん、オメデト、というものから、お父さんはキリンみたい、などというのも考えた。リボンには、オレンジケーキの作り方、昨日出会った人の事、春の雲と夏の雲、なんていうタイトルの話。これらの話は、みんな比喩を利かせた。もちろん、乙女の淡い恋心。

それらに合わせ、今度は絵や文字を書く。それにけっこう時間がかかった。ポストカード用に、昌子の言葉に合わせ、早見クロールがいろいろ楽しい絵を描いた。絵は、全体のバランスを考えて、小さくしたり大きくしたりするだけで良かったが、文字が大変。もともと特徴のある綺麗な字だが、手書きだから、ひとつの文章の中でも多少雰囲気が違う字がひとつかふたつあったりもする。気にしなければどうってことないが、細かく気にすればするほど他のところも気になってきてしまう。とにかくいろいろ書いた。その中で、もっとも良いと思うものを使う。それでも、絵と合わせてみるとまた雰囲気が違うと思うようなものもあったから、ちょっと手間取ったりしたのだ。それに、チカが突然ギックリ腰になってしまい、あまり無理もさせられなかった。茜は仕事に没頭すると完璧を目指す方だから、ほんの少し気に入らなくても、やり直してみたくなる。チカはそんな茜の神経質な仕事を尊敬していた。いままでも、一緒にしてきた仕事の仕上がりにはとても満足していたから、素直に茜の意見を聞く。だから、会社に別の用事で来ても、チカは、迷惑かけてスマン、スマン、と言いながら茜のところに、腰を押さえながら、何かすることはないかと顔を出してみたりした。

そういった準備が終わると、今度は、フェルトのカップ&ソーサーとトートバッグの制作やプリントの作業に入る。茜は、できることはなるべく自分でやろうとした。とくに手先を使う作業は得意だからフェルトものや、紙の箱などはどんどん作った。早見クロールは子供が生まれたばかりで、とても忙しかったから、絵以外の仕事はパス。それにギックリ腰のチカもなるべくパス。だからポストカードとリボンの印刷はすべて昌子が受け持つことになった。

茜の受け持った作業は慣れているから、仕事の合間でも家に帰ってからでもどんどん進んだ。昌子は、簡単だと言われても、プリントゴッコなんて使うのは初めてだったから最初は少し手間取った。茜に原稿をもらい、与えられた紙やリボンに印刷する。勝手がわからず何度か失敗したが、慣れると簡単だった。しかし、乾かすのが大変。ポストカードは、二枚合わせてピッタリと並べられる専用の乾燥台があるのだが、すぐに一杯になり、あっちこっちに並べだすと、部屋中ポストカードを敷き詰めたといった感じになってしまう。無心で作業に没頭すると各種五十枚ずつという数もすぐに終わり、また次、また次とやっていると二百枚から三百枚のポストカードに狭いマンションが埋め尽くされていく。ベッドの上までもいっぱいだから、インクが乾くまで、二、三時間休憩して、まだ元気があればもう一回それを繰り返すか、明日にしようと片付けて寝てしまう。とにかくポストカードは両面刷らなくてはならないのだ。リボンはもっと面倒で、細いところにバシャと押しては少しずらし、それを何度も繰り返す。一本が十五メーターぐらいある。部屋が一本のリボンに占領されてしまったという気分だ。昌子は、そういったことを一週間近くも続けた。

茜はサンドイッチなどを包むワックスペーパーにフェルトのトートバッグやポストカードを何枚かのセットにして入れたいとも思っていた。ただそれだけでは味気ないので端に展覧会のタイトルを書いた紙の小さなタグを付けることにした。会社のコピー機を使い、赤のトナーで、縦8ミリ×横36ミリのタグがA4のコピー紙一杯にできるようにして、それをカッターで丁寧に切り、ワックスペーパーの端にふたつ折りにして貼った。茜も一週間ほど家でフェルトと格闘した。カップやソーサー、トートバッグなどを作り続けたのだ。ただ、組み立ててしまうと模様や文字がプリントゴッコで印刷することができなくなってしまうので、型紙に合わせて切り抜いて、それにプリントする作業をしていた。それが終わったとき、昌子は腰の痛いチカと一緒に手伝いに行き、二人で黙々とフェルトのパーツを張り合わせ、一日ですべて完成させた。茜の部屋に並べられたカップ&ソーサー五十個とその紙箱、百枚のワックスペーパーに収められたトートバッグを眺めるのは壮観だった。三人とも、自分たちで作ったカワイイものたちは、ただ単にカワイイだけでなく、とても意味のあるようなものに思えた。だから思わずビールで乾杯した。

そして展覧会。朝早くみんなで荷物を積んで車に乗り込み、海に向かい、一時間程で会場に着いた。茜の指示でてきぱきと壁に棚を作り、そこに制作したものを置く。白いフェルトを巻き付けた棚に白いフェルトのカップ&ソーサーを並べると、いままでどんなお土産屋さんにも、デパートにも素敵なブティックにもなかった、シンプルで楽しそうな空間に見えてきた。ポストカードは並べてみると、そこに自分たちの普段の生活のとても楽しそうなことばかりが、こうだよね、こうだよねって感じで並んでいるような気がした。簡単な挨拶や、友達との会話、愛しているもの、隠しているもの、憧れていること、恋していること、お父さんやお母さんについて、そんなことが、単純な絵や言葉に、ほんの少しの間のようなものを感じさせ、きっと、それが効いていて、「よう」とか「やあ」といった普通の言葉が自分の普段の生活と具体的にダブって

くる。うん、うん、と頷いたり、感心したり、とにかく自分で持ってい
ても人にあげても、とても楽しいものだと思う。そんなことをチカと昌
子は話し合った。そして、昌子はチカの字がとっても楽しいのだと誉め、
ふたりで早見クロールの絵もイイッスと言い、三人で、さすが茜と、そ
の才能を讃えた。茜が展覧会の告知を雑誌のオリーブに絶対に載せたい
と計画の最初から言っていたので、昌子は知り合いの編集者に頼み、ほ
んの小さなスペースだったが、トートバッグの写真と共に展覧会の一週
間前に発売された本に紹介してもらうことができた。それもあってか、
遠くにもかかわらず、初日は大盛況。知り合いはもちろん、オリーブで
見て、こんな雰囲気や気持ちが大好きなんですという女の子もたくさん
来てくれた。作ったものは最高でも五百円だったから、みんながみんな
いくつも買ってくれて、初日にしてほぼ売り切れ状態。ポストカードだ
けは残っていたが、人気のあるものはすぐに品切れになってしまった。
他のものは作るのが少々大変だったが、ポストカードだけは紙さえあれ

ばすぐにできる。まだ始まったばかりで、一週間も残っているので、みんなで相談して、ポストカードだけは作ろうということになった。そしてそれに慣れている昌子は、二日間だけ、またプリントゴッコと付き合うことにした。昌子は、人気のあるものは自分でも気に入っていたから、どんどん作って、どんどん売れるというのは気持ちが良かった。

そうして、やっと、楽しく、わいわいと、評判も上々、天気もずっと晴れの展覧会の最終日、片付けを手伝ってくれた人や最後にやっと来てくれた人も含めて、経費を差し引いた残りの売り上げで飲もうということになった。横浜の中華街に繰り出し、大盤振舞。飲んで食べて、食べて飲んだ。

ちょっとパンパンになりすぎたお腹を落ち着かせようと行ったホテルのカフェテラスで、茜が椅子から立ち上がり、ハキハキとしたいつもの口調で話した。

「みんな、どうもありがとう。ずっとこんなことをやってみたくて、みんなで楽しくできたし、喜んでもらえたから、とっても嬉しいです」

みんなが茜に向かって拍手した。

「本当は赤字になると思っていたのですが、たくさん売れてしまって、こうしてみんなで食べてもまだ少し残りました。とくに、今回、もくもくと働いてくれた昌子には感謝しています。ポストカードは全部で八百五十枚もあったんです。中でも一番評判が良かったのが、クマのシリーズのものです。昌子はそれをひとりで刷ってくれました。本当にありがとうと言いたいです」

茜がそう言うと、また拍手が起こった。そして、昌子に向かってみんなの視線が集まり、昌子にも拍手を続けた。昌子は少し困った顔から、笑顔になって、このことを素直に喜びたいという気持ちが自然に体の奥から現われてきたのに気がついた。それにみんなもすぐに反応して、嬉しそうな顔ばかりお互いにじろじろと見つめ合うことになった。その夜はみんな幸せだった。いくつかあるうちの、自分たちにとっての本当の春のひとつはこんなことなんだろうなと昌子は思った。そして、来年ぐらいまでには、また別の春も来ないかなーと、酔った頭でちょっと思った。

マイホーム

Jは家から自転車で会社に通う。朝、八時過ぎに家を出て、残業とかが無い限りは、夕方の五時を回った頃には、二階にあるリヴィングルームでビールの栓を抜いている。それが彼のここ十五年ぐらい変わらない生活だ。

Jには高校生の娘がいる。彼女が生まれたとき、Jはまだ放浪していた。写真家になるつもりで専門学校に通っていたが、中途でやめ、生まれ育った家も出て、アルバイトをしながら、いろいろなところに住み着いているうちに木工に目覚めた。そして、家具作りを学ぶために、中野のロック喫茶で知り合い、一緒になった女性と共に北海道に旅立ち何年かを過ごした。やがて、Ｊは長野の木工団地のようなところに移り、そしてそこが、彼にとって最後の放浪の場所となった。奥さんが子供を連れて東京に帰ってしまったのだ。Ｊもやっと重い腰を上げ、奥さんの後を追うように東京に戻った。そしてその頃には木工の仕事にも興味を失っていた。

帰ってくるとＪはすぐに実家の近所にある印刷会社に勤め出した。彼の生活は、昔の友人や新しい仲間たちに囲まれ、週末はテニスをしたり、ときにはロックバンドを組んでリハーサルスタジオでドラムを熱心に叩いたりするようなものに変わっていった。

娘が小学生の高学年になったとき、学校の中でもバランスのとれた優秀な子供だったということに気が付いた。Ｊはそれから娘の勉強を毎日のように見た。塾に通わせることを嫌い、自分も娘と同じように参考書を抱え、娘と共に学んだのだ。娘は希望通り、私立の有名な音楽大学の付属中学に入学し、Ｊの娘と共に過ごした親密な数年間が終わった。

Ｊは実家の二階に住んでいたが、両親とは気兼ねなく暮らすために、キッチンを新たに作り、入り口も、外から直接入れるようした。その入り口に鍵がかかっているということはなかったから、誰でも自由に入れた。だから、いつも誰かが家に遊びに来ていた。本人たちがいなくても顔見知りが勝手にテレビを見ながらビールを飲んでいるなんてことは特別なことでもなんでもなかった。

Ｊがクマの縫いぐるみを貰ったのは、娘が小学校の五年生のときだった。Ｊの勤める会社で一時アルバイトをしていた女子大生からだ。彼女のアパートが近かったため、週末、テニスに誘うと彼女は嬉しそうにやって来た。それからＪの家にいつも出入りするようになった。奥さんや娘ともすぐに仲良くなり、熊本から出てきたばかりの彼女にとってＪはいつも家でちびちびと酒を飲みながら、いろいろなことを教えてくれる自分の父よりは少し若いお父さんのように見えていた。Ｊは東京に戻ってきてから、繁華街に飲みに出かけるということはなかった。いつも、きまった時間に帰ってきて、好きな酒を飲み、娘の勉強の面倒を見る以外は、音楽を聴きながら本を読んだりしていた。そのペースは誰が来ていてもあまり変わることなく、話しかければ答えるといった感じだった。彼女はJの横に座って、お茶を飲んだり、他の人と話しあったりして、自宅にいるようにくつろいで、眠たくなったら帰るといったことを繰り返していた。ときどき、遅くなった時など、奥さんに言われてJが彼女のアパートまで送っていくということもあった。

そのうち、彼女はJの家に材料を持っていき、毎日、夜の何時間かを過ごすようになった。彼女はJのことを「クマさんみたい」と、床に座り込んでじっと飲んでいる姿を見ては、親しみを込めて言った。だから彼女はクマを作った。最初はJの娘のために、そして奥さんに、次は自分のために、そうして、Jの家に遊びに来る人たちにも作った。目も鼻もボタンでできたクマは、一週間にひとつぐらい仕上がって、七個目を作り始めたぐらいのとき、Jが「僕のはないの」と酔った顔をして彼女に言った。彼女は少し考えて、「これがそう」と、作りかけの縫いぐるみをJに差し出すように見せた。Jはそれを見て、紙に絵を描いて、「こういうのがいいんだよな」と言った。それは、縫いぐるみというより、ピノキオのような木でできたクマだった。鼻がツンとしていて、体が丸くて、手も足も自由に動いて、一緒に遊びたくなるようなおもちゃのクマだった。

「そんなのできないわ」

彼女が言うと、

「作ってやるよ」

Jはそう言ってグラスを傾けた。

次の日から、Jが家に帰ってくる時間がいつもよりずっと遅くなった。知り合いの古道具屋に会社からまっすぐに向かい、そこにある工具を借りて、木を削り、クマを作った。五日目にクマは完成した。Jは同じようなクマを三つ抱えて帰ってきた。優しい顔をしたクマだった。「好きなのを選びなよ」。Jは彼女に見せた。彼女は、「どうして三つ作ったの？」と聞いた。Jはちょっと間を置いてから話し始めた。

「昔、北海道にいたことがあってさ、そのとき、子供が生まれたんだ。友人がさ、お祝いに、ララバイ・フォー・ザ・ファースト・ボーンっていう曲の入った、ジェシ・ウィンチェスターって人のレコードを送ってきてくれたんだ。切ないんだけど、しみじみとした綺麗な曲で、子供をあやしながら、ふたりでその曲ばっかり聴いてた。知り合いもいないし、あまり知らない場所だったから、僕らにぴったりの曲みたいに思えたんだ。そのレコードがさ、ベアズビルっていうレコード会社で制作されたもので、クマの絵の入ったマークがジャケットにもレコードにも付いてて、レコード聴いては、その絵を見て、自分もそんなクマを作ってみようと思ったんだ。会社の機械を勝手に使って、仕事の合間にこっそり作ってたら、まだ半人前のくせに何やってんだって怒られちゃってね。そのうちに、なんとなく会社にもいづらくなっちゃたんだ。それが理由というわけじゃないけど、もう少し自由にやっていきたいなんて思ってさ、長野に行ったんだけど、あんまりうまくいかなかったな。でも、よくこんなの作ってたんだ」

「その頃のはもうないの？」

「みんな、置いてきちゃったから」

「じゃ、残りは……」

彼女はそう言うと、ひとつを手にして、黙って家に帰った。何日か後、彼女はいままでのクマよりもう少し手の込んだ、ちゃんとガラスの目の付いた縫いぐるみを、この前のお礼といって持って来た。そして、彼女がJの家に遊びに来るのも二週間に一度ぐらいになった。

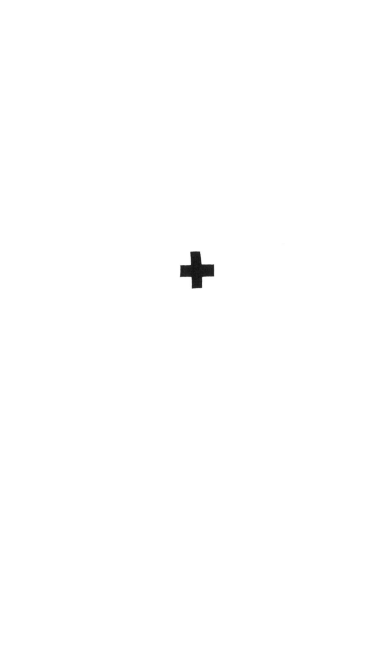

サンライト

葉山でギャラリーを始めることになって、どんな名前のギャラリーにしようかと考えていたら、サンライトという言葉が頭の中に浮かんだ。明るくて優しくて軽くて呑気な名前だと思って迷わず決めた。「サンライト・ギャラリー? うーん変かもね。あまりカッコ良くない。うーん、なんかトウモロコシ畑が続いているような、田舎を想像しちゃうのよね」ニューヨーク育ちの日系人Nが言った。

「ダサイかな」

「ちょっとね」

「昔、サンフランシスコで手に入れたレコードで、ヤングブラッズっていうグループがサンライトっていう曲をやっていて、なかなかいい曲なんだよ。ジェシ・コリン・ヤングって人が作って、ソロになっても歌ってたんだ」

「ふーん」

Nはあまり関心を示さなかった。Nには、いつも英語の文章の翻訳や、いい加減に書いた英語の手紙を直してもらったりして、自信のない英語に対する最終的な判断を委ねていた。だから、自分で決めたとはいえ、アメリカ人としての印象をちゃんと聞いておきたかったし、悪くないネーミングだという保障も欲しかった。けれど、あっさりダサイと言われてしまうと、こちらも自信が無くなって、別のを考えようかなーという気持ちになってしまう。

「Dマイナーセブン、Fマイナー、Cメジャーセヴンとコードを続けて弾くと最後のフレーズができるんだ」

昔、ヤングブラッズのレコードを聴きながら、ギターでその曲をコピーしていた頃は何にも人生のことなど考えていなくて、ただただ明るく楽しく生きていたかった。山や海のそばで、なんでも自分で工夫して作れる知恵を身につけて、ロマンチックでナチュラルな生活を過ごしたいと思っていた。生活の糧はジェシ・コリン・ヤングのように音楽で稼いで、ちょっと儲かったら、山の中にスタジオでも作って、彼らのように自分たちのレーベルを起こして仲間のレコードなんかも出したりするような、クリエイティヴな日々を想像しては憧れていた。

始まりは、葉山に新しい文化の可能性を探るということだった。空いている場所があり何か葉山らしい特色のあることを始めたいという人がいて、その相談に乗ったことから、ギャラリーを経営をすることに話が進んでいったのだ。葉山にはものを作る人がたくさん住んでいるし、そういった人たちの文化の発信基地になるんじゃないかなどと話していたのかもしれない。

知り合いのギャラリーに話を持ちかけたところ、向こうもその気になり話が進んでいったのだが、「応援するから君がやりなさい」という話にいつの間にか変わってしまい、成り行きのような形で引き受けることになってしまった。

もっとも、以前から店をやってみたいという願望はあった。しかしそれはもっと規模の小さな、片手間に気分ひとつでできるようなもので、毎日決まった時間に店を開けなければいけないようなものではなかった。

これでも一応は美術作家という肩書きを持っていたから、毎日作品を制作し、それを発表し、多少の収入もあった。しかしそれだけで生活できるわけもなく、以前やっていた編集の仕事や、デザイン、ディスプレイなど、請われるものがあればなんでも引き受けて生活をつないでいた。しかし、特別忙しいというわけではないので、いつもつまらない夢想に耽っていた。

美術、芸術といっても、その中で自分のできる仕事は一体どこにあるんだろうかということだ。美術系の学校を卒業し、そのまま作家になるつもりが何年もうだうだして生活に困っていた頃、たまたま創刊した雑誌があり、「忙しそうだから行ってみれば」という友人の紹介で編集部を覗いたら、何とか仕事があり、一年後にはいっぱしの編集者のような顔をしていた。当時、その雑誌は時代をリードしていた男性誌で、その編集をやっているということだけで注目されるということもあった。それだけに付き合いや遊びも派手になり、外国に行く機会も多かった。ただ、そんな中でも作品は作り続けていた。しかし、そのことで編集の仕事をしていてもどこか片足を外して仕事をしているところがあり、頭の中には、ずっと編集者をしているつもりはないんだという気持ちがいつもあった。だから、中途半端な編集者であったことは間違いない。

生活の糧が途絶えても編集の仕事をやめようと思ったのは、そんな半端な気持ちが息苦しくなったからで、もう一度最初から作家としてやり直したいという願望もあった。このままではどっちつかずの生活がだらだらと続くだけだと思ったから、六、七年続けた編集の仕事をすべてやめることにした。

仕事のない生活は不安だったが、以前はそんな生活をしていたのだからもとに戻ったようなものだった。毎日絵を描き、自分なりのものを作り上げようとした。しかし、東京に住んでいると、あちこちで編集者時代の知り合いや顔見知りに会った。やめてから一年も経つと、たいした仕事を持っていない自分が社会からのけ者になってしまったような苛立ちを覚えた。

住んでいる環境を変えたのは、都会で一生懸命仕事をしている人たちのところから逃げ出したかったのだと思う。あちこちに迷惑をかけながら作家気取りの毎日を過ごしていても、惨めな自分を曝け出したくなかったのだ。しかし、それでもなお海辺に住んだりしてまだ昔の仲間や友人に格好をつけようとしていた。

海辺の生活は快適だった。自分が昔に戻ったような気がした。生まれ育った東京がすごい勢いで変わっていった時期だったから、なくなってしまった子供の頃の風景があちこちに確認できるのが嬉しかったし新鮮だった。記憶の奥にあった空気感や時間が蘇ったような気がした。そんな環境の中で毎日過ごしていると、気持ちがだんだん無邪気になってきて、炭焼き小屋のオヤジのように、毎日山で炭を焼き、溜まったら町に降りてきて売るというような生活をしてみたいなどと思うようになった。炭は焼けないので、本当は陶芸とか木工とかができれば良かったのかもしれない。しかし、すぐにできることではないので、例えば、ブリキで作ったオブジェなどをこっそり作って売ってみたいなどと考えていた。それは七〇年代の初めに旅したサンフランシスコでの記憶でもあった。公園や広場で、アクセサリーやモビール、風鈴など自分で作ったものを売っているストリート・アーティストを大勢見かけた。当時はヒッピーやフラワーチルドレンといったものの名残りみたいな空気がまだ多少あって、遅ればせながらその空気を満喫した。青空の下、気ままに自分の作ったものを売る生活にハッピーな心地良さを感じたし、カリフォルニアの開放的な空気を充満させたような作品を数多く見つけることができた。

中でも興味深かったのは、アメリカン・フォーク・アートのエッセンスを感じさせるもので、作っている本人たちが意識しているのかどうかはわからないが、それは木のオブジェや陶器の作品などに多かった。センスの良いものはきまってそれなりの味わいのある人が作っていたし、その人の生活スタイルも素敵なんだろうなと思った。

そんなことが頭のどこかに根強く残っていて、ときどき余った材料などを使っては魚や花や雲などのオブジェを作った。友人たちの間では好評だったので、調子に乗ってたくさん作った。その時は、まだギャラリーの話はなくて、どこかの家のガレージでも借りて売ってみようかなどと漠然と思っていた。また、稲村ヶ崎の江ノ電の線路沿いに昔サーフショップだった小さな店がずっと空いていて、ここなら海を眺めながらのんびりとやっていけるかもしれないなどとも考えていた。

作品を制作していると、ときどき自分の作品がなにか役に立つことがあるのだろうかと思ったりもする。イメージを伝えること、意識や可能性を示唆すること、現在や未来への啓示などいろいろと考える。そんな中で、自分のできることはなんだろうと思う。現代美術というカテゴリーの中で、現在の美術というのはどういう風に評価すべきなのだろうか、またそれが一般的に理解し得るものなのかどうか、美術、芸術といわれるものが人の生活の中でどう役に立っているのだろうか、そういったことを作家もしくは美術評論家が積極的に、わかりやすく、また具体的に説明しているのだろうか、ただアートという言葉にすり替えているだけなのではないだろうか、などと考えてしまう。

そんなことが頭の中にあって、ギャラリーの話があったとき、美術、芸術のわかりやすい空間や環境を作り出したいと思った。それは、誰でもものを作れるということと、ものを作ることで自分の生活なり環境が変わっていくということをまず伝えようということだった。だから、本格的な芸術作品というものではなく、技術的に幼稚でも、その人なりのセンスが溢れているようなものを展示したいと思った。なぜ人はものが作れるのか、作るのかという本質的なことを親しみを持って考えて欲しかったからだ。でもそれは、作家個人の生活スタイルを見せるようなものでもあった。だから、まず自分の作品を展示し、お土産物のようなオブジェを売ることから始めた。もともと商品などないから、オリジナルのTシャツなどを作ったりしたが、評判が良かったのはさまざまなブリキのオブジェだった。しかし売れたといっても五百円から千円ぐらいの値段だったから、ほとんど趣味で売っている程度のもので、ギャラリーの維持費には到底追いつかないものだった。でも、それは少し前まで思っていたイメージどおりのもので、緩やかでのんびりとした時間と空間をギャラリーにやって来る人たちと共有できた。

やがて、展覧会を行なってみたいという人が出てきて、二週間毎の様々な展示が始まった。葉山は交通の便が悪く、東京から来ようとすると二時間近くもかかってしまうようなところだ。しかし、海や山があるからドライブには最適で、展覧会のオープニング・パーティにはたくさんの人がピクニックにでも行くかのように面白がってやって来てくれた。ギャラリーは美術評論家も来なければコレクターも来ないようなところだったから、美術作家としてきちっと評価されたいと思っている人にはまったく機能しないようなところだった。しかし、なにかを作りたいという欲求があって、それを発表したいという人には開放的な空間だった。特別な制限もなくキャリアも必要ではなかったから、誰でも自由に展覧会を行なうことができた。ただひとつだけ問題にしたのは、どういう気持ちで作品を制作しようとしているのかということだったから、一応作品の審査らしきことはした。あまりにも商業的な意図のある作品の展示は断りたかったからだ。自然に近い環境の中で、素直に表現したいという作家の作品を展示するということが場所的な問題も含めたギャラリーの目的だった。

ジェシ・コリン・ヤングの歌う「サンライト」は、夏の空気の中、彼女の髪を透かして太陽の光が降り注ぐのを見たことがあるかい、という歌詞で始まり、彼女もきっと君のことをそんな風に思っているよ、というフレーズで終わる。憧れている彼女とこんな風に過ごせたらいいなというような歌だ。

ギャラリーは個人的なひとつの憧れだった。ものを作ることを通していろいろな人と知り合い、自分の作ったものをわかって欲しかった。ものを作るということで意識しなければならない事柄を共有することによって、暗黙のコミュニケーションを形成したかったのだ。そして、それを理解することによってのみ、より優しい未来が開けていくような気がしていた。Nが言っていたように「ダサイ」と感じても、ギャラリーはトウモロコシ畑に降り注ぐ太陽の光のような存在で良かったのだと思う。物事の一番最初のところを忘れることで進歩すると考えている人は多い。わかっているはずだと、無視するか忘れるかしないとなかなか次に進めないし足手まといになることばかりなのだ。とくに美術の場合がそうで、すべて感覚で語れてしまうから、基本的な判断基準がどこにあるのかさえわからなくなってしまう。だから、わからないと最初から匙を投げてしまう人も多いし、独善的に解釈してしまう人もいる。でも問題はわかるわからないではなく、自分の生活や意志に対して自分がどう客観的に対応しているのかを考えることなのだと思う。それには開放された素直な気持ちというのが必要で、太陽の光を浴びたときの、個人個人のそのときの気分のようなものだ。気持ちが良いにしても悪いにしても太陽の光はいつもあるのだから、それを毎日どう受け止める生き方をしているのかということが基本なのだ。

サンライトという言葉はギャラリーの始まりから終わりまで、いつも頭の中にあった。そしてこれからも頭の片隅に残り続ける。格好つけたりつけなかったり、ダサイもダサクないも、弱さも強さもすべて網羅しながら自分の表現としてずっと生きていくのだろうと思う。

あとがき

最初に思いついたのは、サンライト・ブックという短篇集でした。一九九二年の夏の初め、三浦半島の葉山という場所で、サンライト・ギャラリーという画廊をオープンして、九六年の末にその活動をやめるまで、そこで何があって、何が起こったのかということを、具体的な出来事をもとに短篇を書き、それをまとめるということでした。

ギャラリーは毎日が新たな人との出会いの場でもありました。ギャラリーの活動に興味を持ってくれた人、ギャラリーで個展を開催した作家やその友人など、近所の人から、東京や大阪、そして外国からも多くの人がやって来てくれたのです。

ギャラリーの活動をやめたのは、最初に考えていたことをほとんど試みてしまったということと、それから先のことがはっきりと見えなくなってしまったからです。

本を書こうと思ったのは、勝手に始めて、勝手にやめてしまったので、五年弱のギャラリーの活動を応援し、ずっと興味を持って見守ってくれた人たちにその内容を改めて説明したかったのと、その中でも普遍的な事柄がたくさんあったということを証明したかったからです。

「雲ができるまで」という本のタイトルは、以前制作した作品のタイトルです。太陽にいつも輝いていて欲しいと思っていても、雨が降らなければ、どんなに新しいものが生まれても、うまく育つことはできません。その雨を降らすのは雲です。その雲を作る水蒸気の粒のひとつひとつが、毎日の生活の中にひそんでいるというようなことを考えながら、作品を制作しました。ものを作るということは、何かをイメージするということでもあります。そして、どんなことにもイメージする、できるということが重要な要素となります。また、些細なことでも、人が生きていくには必要な事柄というのがたくさんあります。

ギャラリーはいつも暇にしていましたから、やって来てくれた人たちと、お茶やビールやワインを飲みながら、のんびりとくつろいだ話ばかりしていました。そして多くの人の様々な生き方や考え方を知ったのです。

この本は、そんなギャラリーの活動に関心を持ってくれた人たちに捧げます。また、この本に登場し話のきっかけを作ってくれた多くの人たちは、ギャラリーの活動を支えてくれた人たちでもあり、いよも親しい友人たちです。そして、最初から本の内容を理解し、出版する機会を与えてくれた担当の編集者の丹治史彦さん、シンプルで美しい本の装幀をデザインしてくれた井上庸子さんに感謝します。みなさんほんとうにありがとう。

永井宏

＊リブロポート版（一九九七年七月発行）のあとがき

あたらしい雲ができるまで

「雲ができるまで」の出版社が数年前に急に業務を停止することになり、この本も同時に絶版になってしまったのですが、幸いにも、編集の荒木重光さんがあるパーティで声を掛けてくれた縁で、こうしてブルース・インターアクションズという出版社から復刊されることになりました。

パーティというのは、「カフェ」という話のモチーフになっている人の結婚パーティで、そこには古くからの顔見知りや新しい友人たちがたくさん集まっていました。

この本には、自分にとって、最近の絵やオブジェなどの作品や、二年ほど前に始めた、12 water stories magazine や sunlight books といった雑誌や単行本などの出版活動のもとになっている考え方があちこちに散らばっていて、それは、多くの話のベースにもなっている、葉山でのサンライト・ギャラリーで出会った人たちとの交流によって培われたものです。

本を出すことで、当時は、これで自分の行っていたギャラリー活動の結果報告をしたというような気持ちになっていて、その後の展開などもあまり考えてはいませんでした。しばらく、じっとひとりで作品などを制作したり文章を書いていたりすることで、自分はもっともっと個人的なところへ戻るのだと思っていました。

しかし、この本が絶版になってからの方が、その活動に関心が集まり、本が欲しいというひとの声も以前より多く聞こえてくるという不思議な結果になっていったのです。それというのも、ギャラリーで作品展を行うなど、関わってくれた人たちがさまざまなところで活躍するようにもなったからです。そんな時期に、一緒に雑誌を作らないかと誘ってくれた人たちがいました。それが現在季刊で発行している 12 water stories magazineのスタッフです。ギャラリーでは誰でもものが作れるということをずっと試みてきて、技術的なことよりも、それぞれの生活の中で考えたこと、発見したことなど、身の回りのものを素材にして作品を制作するようなことを考えたり、それを展覧会を開く人たちに奨めたりしてきました。実際、再びギャラリーを行うつもりはなかったのですが、雑誌と聞いて、今度は文章も誰でも書けるのではないかと思い始めたのです。ですから、懲りることなく始めたリトル・マガジンは、いわば文芸誌で、さまざまな人たちが、個々の生活を素直に見つめて書いたものを集めたら、また面白い実験ができるかもしれないし、その中に、これからの時代にきっと必要なこともたくさん含まれていくのだろうとも思ったのです。

ギャラリーでの経験は、自分を含め、誰でもやってみればきっとできるということを多くの人たちと共有しあえたということです。そしてそれが現在にも繋がっています。

今回の装丁も、最初の本と同じように井上庸子さんにデザインしていただきました。彼女はギャラリーを始めてまもない頃、数人の仲間と共に作品展を開いてくれて、ギャラリーの活動にナイーブなセンスや新しいインパクトを与えてくれました。いまでも当時のそんな人たちと笑ったり悲しんだり、協力しあったりできることが嬉しく、これからもみんな元気にさまざまなところでさまざまな活動を自由気ままに行ってくれたらと思います。この本の話のモチーフになっている人たちだけでなく、当時、何度もあの不便な場所に足を運んでくれた多くの人たちに、あらためてこの本を捧げます。また、この本を読んで、自分でも何か始めてみようと思ったひとにも、ギャラリーをやっていたときと同じような視線で接し、そのあたらしい雲がひろがっていく様をいつまでも見守っていきたいと思います。

＊ブルース・インターアクションズ版（二〇〇一年九月発行）のあとがき

旧版書影　装幀：井上庸子　右：リブロポート版（1997年）
左：ブルース・インターアクションズ版（2001年）

本文写真　撮影：永井宏

扉、p.145-152　逗子から葉山の風景（撮影時期不詳）

p.217-222　フランス、ヌーヴェルヴァーグ映画の撮影地を訪ねる（1992年）

九〇年代の永井宏さんのこと

堀内隆志

永井宏さんと出会ったのは、一九八八年。僕がまだ学生で、とあるデパートの宣伝部でアルバイトをしていたときでした。そのデパートの夏のギフトキャンペーンのビジュアルで永井さんの作品が使われていたのがきっかけでした。僕はちょうど就職にも悩んでいた頃ということもあり、ものづくりをする姿を見て単純にカッコイイなぁと思ったのを覚えています。

それからしばらくした九〇年、僕はデパートの宣伝の仕事に対する憧れを持ち、その当時勢いのあった流通系の会社に就職し、あのとき出会った永井さんの作品や活動を見ては、自分の勤めるところでも仕事をして欲しいと思っていました。それでちょうどサンライト・ギャラリーがオープンした頃だったこともあり、葉山まで永井さんを訪ねていったことが、いろいろなことの始まりとなったわけです。

当時の永井さんはフランスに多くの影響を受けていて、フランスにまつわる映画やカルチャーも好きで、僕のフランス好きやジャック・ドゥミ好きとも相まって、いろいろな話をしました。雑誌『ガリバー』で、フランス映画のロケ地に取材に行ったときの話などを楽しく聞いた記憶があります。サラリーマン生活に疑問を感じ、自分はどうしていくべきなのか、何かやりたいと悶々と考え続けていた時期でもあり、時間ができるとサンライト・ギャラリーに通い、永井さんと好きなことの話をしていた、そんな時代でした。九〇年代の永井さんは、僕にとってすごく眩しい存在だったんです。

永井さんはよく「誰でもものづくりができる」と言っていました。当時、サンライト・ギャラリーに集ってくる人たちのほとんどは、絵を描いたり、何かものづくりをしたり、文章を書いたりしている人で、そんな人たちと出会うたびに僕には何ができるんだろうかと、漠然としていながらもそのことを考え続けていました。あるとき、何気ない話を重ねていくなかで、フランスといえばカフェだよね、という永井さんの言葉がストンと自分の中に収まり、そこから僕は、何か具体的なものを作ることはできないけれど何かを発信する場をつくるという意味合いも込めて、カフェをオープンする決意をしました。今から二十九年前のことです。

店をオープンするにあたっては、永井さんに店の設計をする方を紹介してもらったり、注文していたエスプレッソマシンが納品されてすぐ二人でコーヒー豆の挽き方や抽出を実験したり、とオープン前のワクワクする濃密な時間を共に過ごしました。そういえば、永井さんはメニューもいくつか提案してくれました。覚えているのは、カレーパンをやったらいいということと、モヒートを出すといいと言っていたこと。どれも実現はしませんでしたが、楽しそうにメニューを考えてくれたことを思い出します。

『雲ができるまで』は、九〇年代前半に永井さんが運営していたサンライト・ギャラリーという場を中心に、そこから出会った人や湘南で暮らす人たちの日々が永井さんの目を通して生き生きと描かれたみずみずしい作品です。実は僕も、ワタルという名前で登場していますし、fabric campの小山千夏さんや沖縄のカフェ波羅蜜の根本きこさんのことなども描かれています。永井さんはよく、「こうして描いて欲しい人とそうじゃない人がいてさ、どうも描いてほしくない人の方を描いちゃうんだよね」と笑いながら言っていました。そして勝手に描かれた人たちには「私のこと書いたでしょ〜!」と、怒られたりしていたようです(笑)。

今こうして読み返してみると、そこで出会った人たちがまたそれぞれの場所でそれぞれの場を紡いでいて、僕らは永井さんによってつながり、さまざまなかたちで場やものをつくってきたのだと気づきました。そういった意味でも、永井さんが実際に湘南エリアに与えた影響は本当に大きかったなぁと思うし、永井さんがいない今も、そのゆるやかであたたかな空気感は、確実に湘南以外の日本各地でも受け継がれていっているように感じます。きっと、この本を読むと、湘南に暮らしたくなるし、自分の暮らしを考えるきっかけにもなるんじゃないかなとも思います。

永井さんには、気持ちよく、風通しよく、お金がなくても豊かに暮らせることを教えてもらいました。カフェをオープンするとき永井さんに言われた「掃除をしっかりしなさい」ということ、「やったことに責任を持つように」というふたつを、この原稿を考えていた夜に思い出しました。二十八年前、自分にできることはなんだろうと模索していたとき、サンライト・ギャラリーのように風通しがよくて誰でも受け入れる場をつくるのが僕のできることだと気付けたのは、永井さんとの会話があったからだと思います。

永井さんは「今、何してるの？　お茶しようよ」と、よく電話をかけてきてくれました。そういう時間が何かを生み出すきっかけをつくったり、何かに導かれることになると知ったのは、うんとあとになってからのことですが、そのときコーヒーを飲みながら、これからはこういうことが流行るとか、今、自分はこれに興味があるといったことをずっと話してくれ、それを聞けた時間はとても大切なことへとつながっていき、今の自分があります。永井さんはそうやって僕だけではなく、たくさんの悩める若者たちの今後を風通しよくつなげ、道を拓いてきた人だったなぁと、この本を読み返し、当時を思い出し、あらためて感じています。場を持つということでいうと、みんな始まりには永井さんという存在があったんじゃないかと思います。

そういえば僕はよく永井さんに「甘い！」

と言われていましたが、真剣に僕たちと向き合い、時には喧嘩もしたりして、でもあんなに若い人たちに耳を貸してくれたおじさんもそうそういなかったなと思います。きっと永井さんに励まされてきた人たちもたくさんいたんじゃないでしょうか。

今回、信陽堂から『雲ができるまで』を復刊するので巻末にエッセイを書いてほしいと依頼をいただいたのは、実は昨年末のことでした。あれから数ヵ月、何度もパソコンの前に座ってはみるものの、どうしても書けない日々が続きました。ひとつのエピソードにしぼって書いたらいいのかなとも思ったりしましたが、それでもどうしても筆が進まず。それで、どうしてなのかとよくよく考えてみたら、永井宏さんという人の存在が僕には大きすぎて、書ききれない、考えれば考えるほど、その思いがおさまりきらないということがわかりました。それで結局こうして赤澤さんにインタビューしてもらう形になりました。

永井さんが亡くなってから髪を切れなくなってしまったのも、永井さんといえばロングヘアだったということで、その存在を自分なりに脳裏に残したかったのかもしれません。僕にとっての永井さんはそんな存在です。

僕は漠然とですが、普通の生き方は嫌だなと思っていたところがありました。普通の生き方とは何かと言われると、難しいのですが、僕なりにつくれるものは何なのかを模索していたんだと思います。そんな頃に永井さんと出会ったことは、とても大きかった。永井さんと出会ってなかったら、もしかしたらディモンシュをやっていなかったかもしれませんし、マスターになってなかったかもしれません。僕もだんだん永井さんの歳に近づいてきて、この本を読み返し、またいろいろ考えるきっかけをもらいました。

今、永井さんに伝えたいのは、これからも風通しのいい場を続けていくこと、そのために日々、カウンターに立っていきたいということです。そうそう、あらためて読み返してもうひとつ、〝オム成金〟はひどいな〜、永井さん（笑）。

（聞き手・構成　赤澤かおり）

ほりうちたかし／カフェ・ヴィヴモン・ディモンシュ（café vivement dimanche 鎌倉）マスター。今年二十八周年を迎え、コーヒーのみならず音楽や映画などの情報も発信する湘南文化の象徴的な存在となった。地元の人たちも観光客も居心地よく過ごせる店として愛されている。

あかざわかおり／ライター・編集者。九〇年代から永井さんと交流があり、「生活を芸術にする」という試みを理解して雑誌などさまざまなところで共に形にしてきた。堀内隆志さん同様、永井さんの活動を長く知り影響を受けたひとり。

この本のなりたちについて　　丹治史彦

本書『雲ができるまで』はこれまで二度出版されました。最初の版は一九九七年に私が編集をつとめてリブロポートから、二度目は二〇〇一年にブルース・インターアクションズから。版元の活動休止で絶版になっていたものを、荒木重光さんが掬い上げてくれました。荒木さんはかつてリブロポートで机を並べた同僚で、会社がなくなった後それぞれ別の会社に移り出版の仕事を続けていたのです。デザインはリブロポート版に続いて井上庸子さんが担当しています。このあたりの経緯は「あとがき」と「あたらしい雲ができるまで」に書かれています。そして今回が三度目の出版になります。この本が最初に出てから二十五年が経ちました。

舞台は九〇年代初めの湘南。永井宏さんが葉山で運営していたサンライト・ギャラリーに集う人々が自分らしい生きかたを模索する姿が描かれています。目次にはデイズ、カフェ、ハウス、レシピ、レイ、ガーデン、ウクレレ、マイホームなどの言葉が並び、永井さんがこの本に纏わせようとした空気をうかがうことができます。

戦後、欧米のさまざまな文化に憧れ吟味しては次に乗り換えるうちに経済は爛熟し、そしてバブルも弾けた。その時期永井さんは東京から湘南に移り住み、新しい価値観に根ざした生活文化の可能性を見出そうとしました。それは暮らしの中に連綿と続いてきたはずの、生きる実感を再発見することでした。

欧米の影響はひと通り経験した。その上で、日々過ぎてゆく時間とそれを感じる自分の内面に意識を向けることで、ひとりひとりの暮らしをかけがえのないものにしてゆく。それは、個々の経験は誰かと共有できる普遍的なものに昇華することができるということです。それが永井さんがネオ・フォークロアと呼んだ「誰にでも表現することはできる」「生活を芸術にする」というささやかな実験でした。

その活動に早くから応答していたのは永井さんが二十代から交流を続けていた島尾伸三さん、潮田登久子さん、中本佳材《よしたね》さん、濱口雅彦さん、佐藤三千彦さん、小渕ももさんといったアーティストたち。その後近所に住む作家やオープンからのスタッフでもあった小山千夏さんとその友人たちも個展を開くようになりました。そこにギャラリーの活動を知った根本きこさん、ナカムラユキさん、中川勇人さん（中川ワニ珈琲）、井上庸子さん、福田たかゆきさん（CHAJIN）、岩﨑有加さんといった多様なジャンルの若い世代も参加するようになります。鈴木るみ子さん、赤澤かおりさんら多くのライターが永井さんが示す価値観に共鳴し、その後の『クウネル』『天然生活』などのいくつもの企画につながってゆきます。二〇〇三年に私がはじめたアノニマ・スタジオもちろんその延長にありました。

荻窪の書店「Title」店主の辻山良雄さんが著書『ことばの生まれる景色』(ナナロク社)で『雲ができるまで』について書いています。

永井宏の文章をはじめて読んだときの静かな衝撃は、いまでもはっきりと覚えている。(略)自分の周りにもいそうな登場人物と、特別なことは何一つ起こらないストーリー……。「とても気持ちのよい文章だ」と思う一方で、このような文章がそれまで誰からも書かれていなかったことに驚いた。

当時永井さんの原稿を編集しながら、主人公たちの思い、迷い、潔さに励まされ、彼らの物語が親しい友人のように思えたことを思い出します。どんな場所にもいつの時代にもつつましい人のいとなみがあり、そのひとりひとりの姿が物語になるのです。その意味では「何一つ起こらないストーリー」こそが永井さんが描こうとしたものだったのかもしれません。先の辻山さんの文章は次のように締めくくられます。「大切なのは、誰かのことばをありがたがることではなく、ぎこちなくても自分のことばで話し、そのそばにいること」。

生きている実感を人まかせにしないこと、それがささやかでも自分で表現するということで、自分の人生を愛する方法になるのだと。永井さんが大切に伝え続けたことはこういうことではなかったかと想像しています。

たんじふみひこ／信陽堂代表

永井宏（ながい・ひろし）
美術作家。1951年東京生まれ。1970年なかごろより写真、ビデオ、ドローイング、インスタレーションなどによる作品を発表。80年代は『BRUTUS』（マガジンハウス）などの編集に関わりながら作品を発表した。1992年、神奈川県の海辺の町に転居。92年から96年、葉山で生活に根ざしたアートを提唱する「サンライト・ギャラリー」を運営。99年には「サンライト・ラボ」を設立し雑誌『12 water stories magazine』を創刊（9号まで刊行）、2003年には「WINDCHIME BOOKS」を立ち上げ、詩集やエッセイ集を出版した。自分でも旺盛な創作をする一方で、各地でポエトリーリーディングの会やワークショップを開催、「誰にでも表現はできる」とたくさんの人を励まし続けた。ワークショップからはいくつものフリーペーパーや雑誌が生まれ、詩人、作家、写真家、フラワーアーティスト、音楽家、自らの表現として珈琲焙煎、古書店、雑貨店やカフェ、ギャラリーをはじめる人などが永井さんのもとから巣立ち、いまもさまざまな実験を続けている。
2011年4月12日に永眠、59歳だった。
2019年、『永井宏 散文集 サンライト』（夏葉社）、復刻版『マーキュリー・シティ』（ミルブックス）、2020年『愉快のしるし』（信陽堂）が相次いで刊行され、リアルタイムでの活動を知らない新しい読者を獲得している。

text + art works　永井宏

協力　南里恵子
堀内隆志
赤澤かおり
café vivement dimanche
校正　猪熊良子
デザイン協力　F/style（五十嵐恵美・星野若菜）
印刷進行　藤原章次、田川いちか（藤原印刷）
編集＋デザイン　信陽堂編集室（丹治史彦・井上美佳）

雲ができるまで
UNTIL THE CLOUDS APPEAR

2022年7月14日　第1刷発行

著者　永井宏
出版者　丹治史彦
発行所　信陽堂
〒113-0022
東京都文京区千駄木3-51-10
電話　03-6321-9835
https://shinyodo.net/

表紙印刷　日光堂
本体印刷　藤原印刷
製本　加藤製本

ISBN978-4-910387-03-1 C0095

定価　本体2200円＋税

背中をそっと温める手のぬくもり
遠くからあなたを見守る眼差し
いつもはげましてくれる友だちの言葉
小さな声でしか伝えられないこと
本とは
人のいとなみからあふれた何ごとかを
はこぶための器